# PARTIE 1:

## CARTON JAUNE

### Eron Thrill-Way

# PARTIE 1: CARTON JAUNE

*Cet arbitre considèrera un penalty manqué comme une faute de jeu.*

1ère edition
Edition: BoD - Books on Demand
12/14 rond-point des Champs-Élysées
75008 Paris
Impression : BoD - Books on Demand, Norderstedt,
Allemagne
ISBN: 9782322408955
Dépôt légal : Decembre 2021

# EXPOSÉ:

*"Il fait des joueurs de véritables jouets."*

Après avoir terminé ses études, tout semblait aller pour le mieux pour cette femme médecin. Mais après une conversation étrange avec son nouveau chef, tout a changé - elle est contrainte de fuir. Motif ? Des exigences immorales émanant d'une personnalité connue du grand public, entre autres sous le nom « d'Allergie ». À ses dépens, elle éprouvera le caractère péjoratif de ce surnom. Elle fait figure de favorite lors de castings de films d'horreur, dans lesquels elle est soumise à des préliminaires psychologiques - bien avant le début du tournage.

*Combien de temps tiendra-t-elle ?*

# CHAPITRE - UN

*"Dans son monde, le consentement mutuel n'est pas une nécessité pour conclure des contrats. Affronter les siens, c'est renoncer au sourire"*

Située à une trentaine de kilomètres du centre-ville, la clinique privée *Happy Baby Born* (HBB) vit le jour quelques années après un long conflit avec les propriétaires privés des forêts environnantes. Une clinique où l'honneur, la compétence et la morale menaient tout droit vers la tombe.

## Lundi 02 mai, 20h55,

« C'est bien que nous ayons enfin pu trouver un terrain d'entente », dit Duc, le patron d'Anne, après une discussion de trois heures en tête-à-tête dans son bureau. Il se leva, ouvrit sa valise et y déposa quelques documents. Anne tressaillit. *« Que fait-il avec une arme dans sa valise de travail ?* s'interrogea-t-elle. *Mieux vaut ne pas regarder bizarrement »*. Ils se sourirent brièvement.

« Considérez notre conversation comme un accord verbal. Chez nous, il a autant de valeur qu'un contrat signé, souligna Duc, souriant. Votre curriculum vitae est excellent. Vos diplômes témoignent de vos qualifications. Dans deux jours, vous aurez également l'occasion de convaincre mon partenaire de travail.

– Mais… Sa voix était teintée d'angoisse. On ne peut quand même pas…
– Quoi ? », demanda-t-il d'un ton sévère. Son expression faciale changea brusquement. Son regard menaçant poussa Anne à dévier son regard.

Quelqu'un frappa à la porte, brisant le silence qui y régnait. La voix à proximité de la porte ressemblait à celle de son chauffeur. Duc s'approcha d'Anne. « Ne causez pas de blessure ! Ainsi, vous nous épargnerez des funérailles précoces. »

Elle serra les lèvres tout en jetant un coup d'œil à l'horloge accrochée au mur.
Il suivit son regard. « 21 heures. Désolé pour les heures supplémentaires imprévues. Vous serez payée cinq fois plus ».

Il lui tendit la main en guise d'au revoir. Sa poignée de main et son contact visuel furent foudroyants. Sans un mot de plus, il se précipita vers la porte de sortie. L'odeur de terpènes qui se dégageait était si forte qu'elle dut aérer son bureau. « *Mouffette ? »,* se demanda-t-elle. Elle s'appuya sur le rebord de la fenêtre, profitant de l'effet rafraîchissant du vent qui s'engouffrait.

Son téléphone portable vibra. Elle le sortit de sa poche. *« Encore un appel anonyme ? Je devrais signaler le problème aux autorités compétentes pour la sécurité des personnes de l'USF. Cela fait maintenant sept jours que je reçois ce genre d'appels au quotidien. J'espère que je ne suis pas surveillée »*, pensa-t-elle en fermant les fenêtres. Elle posa son téléphone portable sur la table, dirigeant son regard vers les documents que Duc avait laissés sur son bureau.

*« Comment pourrais-je faire une telle horreur à une future maman ? Après neuf mois de grossesse et la douleur qu'implique un accouchement ? Qui se douterait qu'une gynécologue, première de sa promotion, puisse faire une chose pareille ? »*. Elle haussa les épaules, rassembla ses affaires et prit le chemin du retour.

Il fallut une quinzaine de minutes à Anne pour atteindre sa voiture. Alors que sa main gauche cherchait les clés de la voiture dans son sac à main, son regard tomba sur une image collée sur le pare-brise. Elle regarda autour d'elle, respira profondément et prit l'image de sa main droite. Elle se crispa.    *« Ce n'est pas possible*, se dit-elle, *qui pourrait faire un truc pareil ? À part moi, Maman est la seule personne qui a un contact avec mes chiens. »*

Au lieu de prendre les clés de voiture, sa main gauche sortit son téléphone portable privé, qu'elle n'utilisait que pour communiquer avec sa famille. Elle sélectionna sa mère dans la liste de contacts, appuya sur la touche d'appel et porta le téléphone à son oreille. Son appel fut transféré sur la messagerie vocale. Une autre tentative sur le fixe fut également sans succès. Une chaleur étrange se répandit dans son corps alors qu'elle se saisissait de la clé de la voiture. À peine assise dans la voiture - un pied déjà dedans, l'autre encore au sol -, elle aperçut une lumière.

Aussitôt, elle referma violemment la porte de la voiture. *« Merde ! C'est comme ça, quand on travaille loin du centre-ville. S'il m'arrive quelque chose, personne ne pourra m'aider »*, pensa-t-elle tandis que son regard se déplaçait du pare-brise au rétroviseur. Elle ne voyait pas grand-chose sur la route mal éclairée. Les mains légèrement tremblantes, elle s'apprêtait à démarrer la voiture lorsque son téléphone portable sonna de nouveau. Sa mine se raffermit. *« C'est sûrement maman*, se dit-elle, jusqu'à ce qu'elle vît le numéro inconnu sur l'écran. *Putain, ça recommence !* » Mais cette fois, la curiosité l'emporta.

« Allô, répondit Anne.
– Vous manquez à votre chien.
– Pardon ?
– Quinze minutes jusqu'à destination. D'autres questions ?
– De quoi parlez-vous ? Un ton angoissé transparaissait dans sa voix.
– Suivez le drone qui éclaire. »

Anne raccrocha, redémarra la voiture et s'en alla. En chemin, elle essaya encore de joindre sa mère qui était censée s'occuper des chiens. Malheureusement sans succès. Parallèlement, elle rejetait fréquemment l'appel anonyme. Lorsque le drone s'approcha trop près de sa voiture, elle jeta son téléphone sur le siège passager et appuya sur l'accélérateur, espérant lui échapper. Elle y parvint, jusqu'à ce que la lumière vive d'un autre drone venant de la direction opposée, lui vole toute visibilité à travers le pare-brise. Elle freina brusquement jusqu'à l'arrêt complet, respira profondément et désactiva le moteur. *« Que dois-je faire maintenant ? Ai-je le choix ? »* Alors qu'elle réfléchissait, son regard se posa sur l'écran du téléphone portable qui n'avait cessé de sonner depuis quelques minutes. *« Allez Anne, tu es une femme forte, tu vas y arriver. »*

Elle décrocha, mais ne dit rien.

« Je suis fan de votre façon de conduire. Grâce à ce spectacle de Formule 1 nous gagnons deux minutes pour le changement de véhicule. »

Anne demeura silencieuse. Elle éloigna le téléphone de son oreille, appuya sur l'icône du haut-parleur et activa l'application d'enregistrement.

« Un conseil précieux. Si vous raccrochez encore, vous pourrez collecter les morceaux de vos chiens demain à l'adresse notée derrière la photo. »

La chair de poule se répandit sur son corps. Elle ouvrit enfin la bouche, mais aucun mot n'en sortit. *« Il y a bien une application citoyenne à l'USF qui a été inventée précisément pour ce genre de cas*, se rappela-t-elle. *Si je pressais maintenant le bouton d'urgence de l'application, la police me localiserait à l'aide du GPS. Mais que se passerait-il s'il voyait une voiture de police ? Il nous ferait peut-être subir quelque chose de pire à moi, à Maman et aux chiens ? Le risque est trop grand. »*

« Votre mère disait que votre chien blanc était très important pour vous. Un partenaire fidèle qui vous témoignait un amour inconditionnel dans les bons comme dans les mauvais moments. N'est-ce pas ? »

*« Bien sûr espèce d'idiot, c'est aussi le plus vieux et il m'a toujours soutenue pendant les périodes très difficiles. Qu'est-ce qu'il attend ? Les gens comme lui ne supportent pas de faire des monologues. Je pensais qu'il s'énerverait. Ainsi, il serait plus facile d'évaluer sa vraie voix. Pour l'instant, il semble encore très contrôlé et faux. »*
Soudain, la voix à l'autre bout du fil changea. « Ma chérie, je t'en prie, dépêche-toi !

– Maman ? », cria Anne. Le téléphone portable lui glissa des mains, elle s'essuya les mains sur sa robe et approcha le téléphone de son oreille malgré le haut-parleur. Elle ignora le rire ironique.
« Je commençais à croire que vous étiez désormais sourde et muette, ajouta l'appelant.
– Qui êtes-vous ?
– Considérez-moi comme une feuille de route.
– Qu'attendez-vous de moi ?
– Écoutez attentivement. Le deuxième drone était votre premier arrêt. Maintenant, vous continuez vers le deuxième de vos trois arrêts.
– Il est déjà très tard. J'ai eu une journée de travail très fatigante. S'il vous plaît, soyez bref. Donnez-moi l'adresse de destination, je me mets tout de suite en route.
– Sans votre voiture. »

*« Bien sûr, je ne dois pas voir où nous allons. Qu'est-ce qu'il veut faire de moi ? Reviendrai-je ? »*, pensa-t-elle avant de répondre : « Je ne peux tout de même pas laisser ma voiture ici à cette heure-ci.

– Ne vous inquiétez pas, nos yeux sont partout.

– Qu'en est-il du retour ? Sans adresse, je ne peux pas retrouver mon chemin toute seule.

– Assez ! Le délai de transfert est terminé. Descendez immédiatement et suivez le deuxième drone. Dans environ deux cents mètres, vous verrez un véhicule. Le drone n'éclairera que la porte arrière gauche. Appuyez sur le bouton vert pour l'ouvrir. Sur le siège se trouve un masque noir. Enfilez-le. Lorsque vous aurez terminé, adossez-vous jusqu'à ce qu'un petit son se fasse entendre. Vous apprendrez le reste sur place. »

Sans commentaire, le médecin revérifia la batterie de son appareil. *« Espérons qu'elle suffira pour localiser tout le parcours. »*

« Autre chose. »

Elle se racla la gorge de manière audible. « Je vous écoute.

– Laissez votre montre et tous les appareils dans votre voiture, en particulier ceux qui ont des fonctions de GPS et d'éclairage. » Après une courte pause, il poursuivit : « N'essayez pas de tricher, nos détecteurs secrets afficheront uniquement du rouge. »

Anne rétrécit les yeux. « C'est-à-dire ?

– Juste une remarque, rétorqua-t-il pendant qu'elle entendait de l'eau s'écouler d'une robinetterie. Votre couleur préférée pour vous doucher ? »

Anne respira profondément. Elle ouvrit son sac à main qui se trouvait sur le siège passager, et en sortit un paquet de Neurodoron. *« Acheté la semaine dernière seulement, j'en ai déjà utilisé trente*, pensa-t-elle en secouant la tête. *Pas surprenant : des appels anonymes incessants, trop de travail, des obligations immorales et maintenant ça aussi. »*

« Encore quinze secondes, après il sera trop tard », avertit son interlocuteur avant de raccrocher.

Anne posa un comprimé sur sa langue, le laissa fondre et prit quelques gorgées d'eau. Puis, elle sortit, ferma sa voiture et suivit les instructions.

Tandis que le deuxième drone assurait l'éclairage avant, le premier effaçait l'obscurité de derrière. Bien qu'elle portât des chaussures plates et ouvertes ainsi qu'une robe légère sans collant qui lui arrivait au genou, elle ne remarqua même pas la bourrasque froide qui affluait.

Comme un robot, elle avançait à un rythme parcimonieux dans le large chemin. La lumière du drone arrière s'affaiblissait à chacun de ses pas. Ses yeux allaient dans toutes les directions jusqu'à ce qu'elle bifurquât vers la gauche et s'engageât sur un pont instable.

À la vue d'une machette, du collier portant les initiales de son chien le plus vieux, ainsi que d'un pagne déchiré et de cheveux blonds sur son chemin, elle hurla. Le premier drone éteignit sa lumière, laissant derrière elle une obscurité effroyable. Les jambes chancelantes, elle se mit à courir pour attraper celui de devant. Comme le pont vacillait, elle dut ralentir. Son cœur battait de plus en plus fort. « *Dieu, s'il te plaît, protège ma mère, mes chiens et moi-même* »', pensa-t-elle en serrant les poings.

Derrière elle, une voix s'éleva des haut-parleurs du premier drone : « Il ne vous reste qu'une minute pour atteindre la voiture. Ensuite, la lumière verte disparaîtra et la porte ne s'ouvrira plus. Si vous êtes en retard, vous ne pourrez vous rendre qu'en pirogue à la troisième station. »

« *Oh non, je ne suis pas encore fatiguée de vivre.* » Après une trentaine de pas, elle quitta enfin le pont, se précipitant vers le deuxième drone, jusqu'à ce qu'elle atteigne enfin le véhicule, à bout de souffle. Sur la portière éclairée de la voiture, un chronomètre décomptait le temps qui lui restait : il affichait trois secondes lorsqu'elle appuya sur le bouton vert. La porte s'ouvrit. Outre les équipements intérieurs high-tech, Anne vit le masque sur le siège. Comme elle était essoufflée, elle voulut prendre un peu de temps pour se reposer. Mais la voix provenant du drone arrière lui ordonna de porter directement le masque et de s'asseoir dans la voiture.

Lorsqu'elle eut exécuté l'ordre et entendu un signal, l'une des fenêtres obscurcies qui la séparaient de l'habitacle s'ouvrit. Quelqu'un lui passa des menottes et attacha sa ceinture de sécurité.

Comme elle n'avait pas eu le droit d'emporter de montre, Anne essayait d'estimer en secondes la distance qui la séparait de sa destination. Le trajet dura environ 660 secondes. C'était le résultat de son propre comptage, plus une estimation de la durée après les interruptions dues à certaines phases terrifiantes.

Après l'arrêt du véhicule, elle perçut une vibration sous celui-ci, comme si une porte s'ouvrait. Puis elle sentit une force verticale, comme celle qu'elle ressentait souvent lorsqu'un ascenseur descendait. À l'arrêt suivant, se dégageait une odeur agréable de détergent. Anne descendit, toujours masquée et menottée. Curieuse, elle frotta son pied sur le sol. Il était lisse, comme un carreau. Elle sentit une main la toucher par derrière, elle sursauta et s'écria : « Où suis-je ?

– Bientôt à la destination finale », lui répondit-on en la guidant.

Tout droit, puis vers la descente des escaliers. Le sol était alors différent du précédent. Un mélange de sable et de pierres. Elle entendit le grincement d'une porte et une cloche sonna. Quelqu'un lui enleva son masque. Pas de clarté lunaire, tout était sombre. Prise de panique, elle regarda autour d'elle. Elle vit à nouveau les drones au-dessus d'elle. À quelques mètres de là, la lumière de bougies brillait. « Ohé ! Cria-t-elle. Où sont ma mère et mes chiens ? » Personne ne lui répondit, bien qu'elle eût perçu des pas dans l'obscurité inextricable derrière elle. Ses pieds lui semblaient de plus en plus lourds, même si elle ne ressentait plus la fatigue de sa longue journée de travail. Elle s'arrêta un instant et observa les mouvements des ombres à proximité immédiate des bougies.

« Par ici », ordonna une voix de femme d'âge mûr, non loin des flammes.

Anne sursauta. Stimulée par l'absence momentanée d'alternative, elle s'approcha prudemment des bougies. *« Est-ce une ombre qui a traversé ce chemin ? »* se demanda-t-elle. Distraite, elle heurta quelque chose de dur. *« Est-ce un couteau ?* pensa-t-elle, le regard fixé devant elle. *Quelqu'un est assis là. Ou est-ce une statue ? »* Son regard ne quittait plus l'endroit. Deux enfants s'approchaient d'elle. Ils portaient deux verres dans les mains. L'un était rempli d'eau, l'autre d'un liquide ressemblant à du vin rouge. Sur leurs T-shirts blancs, on pouvait lire : « Les survivants » et au-dessous le nombre « quinze » *« Peu importe à quel point j'ai soif, je ne boirai pas ici »*, pensa-t-elle.

Les enfants s'agenouillèrent devant elle. Ils avaient la tête inclinée, le regard vers le bas et tenaient fermement dans leurs mains les verres pointés vers le haut. « Comme l'exige la tradition de ce groupe, nous vous souhaitons la bienvenue. Si vous avez l'âme pure, prenez le verre contenant le liquide incolore, sinon prenez l'autre », dirent-ils de manière synchronisée.

Anne secoua la tête. « Merci. Mais je ne suis pas là pour plaisanter. Où est votre patron ? »

Tandis que l'un des jeunes pointait la flamme de la bougie, l'autre continuait à parler : « Celui qui craint un choix sera assigné rouge.
– Pas de temps pour ces bêtises, dit Anne en continuant sa marche. *C'est une secte ?* Bonjour », répéta-t-elle d'une voix tremblante, lorsqu'elle vit des pieds et une canne derrière une croix. Pas de réponse. Des chiens se mirent à aboyer. Son pouls s'accéléra tellement qu'elle posa ses mains encore liées sur sa poitrine et expira profondément.

Un drone éclaira un endroit près d'elle, là où se trouvaient ses chiens dans une cage fermée. Son visage s'illumina. Alors qu'elle se précipitait dans cette direction, le drone fit pivoter la lumière sur une croix. Elle portait le nom, ainsi que la date officielle de la mort de son prédécesseur, le Dr Kelly Carlson, une gynécologue de grande renommée, décédée dans des conditions mystérieuses, quinze ans auparavant. Sous la date, figurait les chiffres 04.05. Le jour même où elle serait chargée d'exécuter la mission de son patron.

Bien que le drone n'eût éclairé l'endroit que brièvement, laissant rapidement place à une obscurité impénétrable, son regard semblait captivé. Une mouche usant de son oreille comme d'un relais aérien la sortit de ses pensées. Anne se massa le front. « *Arrête de t'imaginer de telles conneries. Ce n'est sûrement qu'une coïncidence' »*, se convainquit-elle.

Elle prit une grande inspiration. Son regard suivit les mouvements de l'ombre la plus proche. Des vêtements semblables à une burqa recouvraient entièrement une personne, de sorte que seuls ses yeux étaient visibles dans cet environnement à peine éclairé.

Peu après une sonnerie d'alarme, semblable à la cloche d'une église, elle aperçut un éclairage soudain derrière elle. Elle se retourna. Elle vit des individus voilés, chacun tenant une bougie à la main. Ils s'étaient alignés en rangées presque égales. Ils s'approchaient d'elle et l'entouraient sans former un cercle complètement fermé. Allant du plus petit au plus grand, les cinq rangées étaient reconnaissables grâce aux bougies. En elle se répandait la sensation d'être tenue par les pieds. La sueur qui coulait sur son visage lui brouillait de plus en plus la vue. Bien que ses mains fussent toujours attachées, elle s'efforçait de s'essuyer les yeux du revers de la main.

« J'espère que le prélude vous a plu », demanda une voix de femme mûre en franchissant la petite ouverture du cercle. À petits pas, l'être d'environ un mètre cinquante de haut, portant une petite valise dans les bras et armé d'une canne, s'approcha. « Pardonnez mon lapsus, je parlais de votre voyage. »

Les yeux d'Anne parcouraient à grande vitesse tous les contours de son champ de vision, sans qu'elle ne bougeât la tête ou une quelconque partie de son corps. Elle ne remarqua même pas le sang qui coulait sur son orteil après s'être heurtée à un couteau.

Il ne fallut pas longtemps pour qu'Anne entende à nouveau la même voix. « Qui est aux commandes de votre vie, le cerveau ou le cœur ?

– Les deux, répondit-elle à voix basse.

– La qualité de notre vie en dépend, partagez-vous cet avis ? »

Anne haussa les épaules. « C'est possible.

– Avez-vous signé le contrat d'aujourd'hui avec le cœur ? »

Anne plissa les yeux et garda le silence.

Peu après, la femme couverte posa la valise sur une petite table en bois, puis elle tapa plusieurs fois sur le sol avec sa jambe droite.

Le médecin continua à garder le silence. La petite femme leva sa canne et désigna quelqu'un sur le côté droit de la première rangée. Comme sur commande, la personne se plaça à un peu moins d'un demi-mètre du médecin, de sorte qu'Anne ne pouvait voir que son dos, lui aussi brièvement éclairé par un drone. Anne n'était pas sûre d'avoir bien lu ce qui y était écrit. *« Celui qui ferme longtemps sa bouche ne parviendra plus à l'ouvrir »*, se souvint-elle. Elle fut surprise lorsque la personne se retourna et s'approcha d'elle. Lorsque Anne s'aperçut que la femme tenait quelque chose, elle recula prudemment d'un pas. Le drone estompa à nouveau brièvement l'obscurité environnante, permettant au médecin d'apercevoir dans ses mains une seringue préremplie. « Qu'est-ce que c'est ? demanda-t-elle, presque en criant.

– À genoux ! », ordonna la petite femme. Prenant soin de dégager le passage, la porteuse de la seringue se plaça à la gauche d'Anne, tandis que la guide pointait de sa canne un endroit sur le sol sablonneux.

Anne secoua la tête. *« Juste à cause de cette question ? Ou peut-être parce que je n'ai pas respecté leur tradition et que j'ai refusé de faire un choix ? »*, pensa-t-elle. Par la suite, elle ignora l'ordre et osa fixer la petite dame dans les yeux. « Pourquoi ? »

Sa voix baissa. La bouche à peine close, elle sentit quelqu'un derrière elle la saisir fermement par les épaules et la presser vers le sol.

« Faites attention à votre attitude et au choix de vos mots, car ils détermineront la durée de votre séjour. » La femme fit une pause. Elle tourna son regard vers la partie du cercle qui cachait à la vue le coin derrière elle. Puis elle leva sa canne.

Certaines des personnes voilées devant elle s'écartèrent, les unes vers la gauche, les autres vers la droite, permettant ainsi de libérer le chemin vers sa place initiale. Une deuxième personne sortit du coin sombre, également voilée, tenant dans sa main un appareil avec un petit écran. Anne s'efforça de deviner la nature de ce dispositif, jusqu'à ce qu'on le lui mette sous le nez, présentant une vidéo de sa conversation avec Duc. Elle se frotta les yeux. *« Génial ! Maintenant, plus rien ne peut entraver un chantage »*, pensa-t-elle. « Comment avez-vous fait ? Les systèmes de surveillance de l'hôpital sont constamment optimisés. Comment avez-vous pu manipuler un tel système ?

– Ce n'est pas important. Mais si vous tenez absolument à complimenter le personnel pour la qualité des enregistrements, je vous communiquerai les coordonnées de notre laboratoire de drones, une fois la conversation terminée. »

Les deux enfants qui lui avaient précédemment offert les boissons déposèrent les verres entre le médecin et leur leader. Ensuite, ils se positionnèrent au centre, à gauche et à droite, les yeux rivés sur Anne. « Comment pouvez-vous travailler avec des gens qui brisent autant le cœur des parents, en particulier celui des femmes ? Pourtant, vous êtes une femme, du moins apparemment. Comment pouvez-vous marquer des buts contre votre propre camp ? »

Anne baissa la tête. « Ce ne sera pas un but contre mon camp.
– Vous connaissez l'histoire de l'USF. N'est-ce pas ?
– L'histoire n'était pas ma matière préférée. »
La dirigeante leva la main et le drone éclaira la table en bois. Elle l'ouvrit, en sortit quelques photos et les montra à Anne. « De grandes héroïnes de l'histoire de l'USF. Reconnaissez-vous quelques-unes d'entre elles ? » Anne baissa les yeux, serra les lèvres et approuva d'un signe lent de la tête.
« ...
– Qui exactement ? La troisième image, je suppose.
– C'était mon prédécesseur et une grande figure emblématique, admit timidement la doctoresse.
– Et pourquoi voulez-vous être impliquée dans quelque chose de ce genre ? »

Le silence régna un moment.
La petite femme poursuivit. « Est-ce une manière de remercier toutes ces femmes qui sont mortes en luttant pour la liberté des leurs ? Que ce soit en termes d'éducation, d'habillement ou dans d'autres domaines. Un remerciement pour celles qui vous ont permis d'étudier pour devenir médecin? » Elle fit une courte pause. « Un événement qui n'était pas possible pour l'ancienne génération.

**15**

– Je leur en suis reconnaissante. » Son regard était toujours dirigé vers le bas.

« Alors quoi ? » La dirigeante voilée leva sa canne jusqu'au menton d'Anne et redressa sa tête. « Vous fusionnez avec les gens de l'USF 38-59, qui militent pour une dictature à l'ancienne et traitent les humains comme des animaux à des fins expérimentales en vue de tester de nouveaux produits? »

Les poings serrés, Anne maintint le contact visuel jusqu'à ce qu'un voile de larmes lui coupe la vue.

« ... »

La dirigeante dirigea son bâton vers quelques personnes présentes. « Regardez les enfants à mes côtés. Ils doivent leur vie à celle que vous avez reconnue sur la troisième photo, la nommée Kelly Carlson. » Elle tenta de rétablir le contact visuel avant de reprendre son propos.

« Ils ont quinze ans et ont été les derniers enfants qu'elle a sauvés des griffes de ce groupe avant de disparaître. Aujourd'hui, ils sont heureux, libres et excellent dans leur formation. » Elle prononça les derniers mots un peu plus fort et à un rythme plus lent. « Comment expliqueriez-vous à ces enfants ce que vous allez faire dans deux jours? »

Anne expira profondément. Son visage devint rouge, mais pas autant que ses yeux. Son regard féroce figea la dirigeante quelques instants. Le premier mouvement de ses lèvres ne fut suivi de rien d'autre que de larmes coulant sur ses joues. Mais les premières gouttes sur le sol sablonneux eurent l'effet d'un haut-parleur. « Il est facile de jacasser et de juger sans connaître les spécificités. Qui êtes-vous pour vous permettre une telle conduite ? », se défendit Anne d'une voix affectée. « Vous jouez les héroïnes et vous vous cachez sous vos tenues. Pourquoi ne pas vous adresser directement à l'autre groupe ? Ce serait plus judicieux. Vous retenez le faible médecin qui ne peut pas mobiliser une armée. » Elle continua son discours sans interruption, malgré les larmes qui troublaient sa vue et qu'elle n'essuyait pas. « Pourquoi n'organisez-vous pas une attaque directe ? Je suppose que vous savez comment cela se terminera. » Elle maintint le contact visuel avec la dirigeante alors que certains souvenirs de sa conversation avec Duc lui remontaient en mémoire. *Elle ne sait pas qui est le patron de Duc. Dans l'enregistrement qu'elle m'a montré, on ne voit pas la partie où son chef est en ligne avec nous. Le trône doré qu'il portait ainsi que les inscriptions sur le mur à l'arrière-plan révèlent sa personnalité.* » Anne tiqua. Bien qu'elle fût complètement débordée par ses émotions, ces écrits ne quittaient pas son esprit. « *Le détrônement du diable, son idole d'enfance, perd le respect à ses yeux en raison de son incapacité à s'améliorer.* »

À peine avait-elle fait la comparaison implicite avec l'autre groupe que la personne qui se trouvait derrière elle et qui l'avait pressée vers le sol sortit une pince, puis se fit à nouveau discrète après un geste de la dirigeante. Dès qu'Anne commença à exprimer sa colère, la dirigeante s'approcha à petits pas. Elle souleva la canne et pressa l'extrémité inférieure contre les lèvres du médecin jusqu'à ce qu'elle tourne la tête et crache le sable que la canne lui avait mis dans la bouche. « Les hôtes masculins qui oseraient une telle chose se verraient confier à nos spécialistes pour une opération dentaire gratuite », avertit la leader. « N'abusez pas de votre privilège féminin. »

Le silence prévalut.

« Tant votre conduite verbale que non verbale indiquent un refus de coopérer. Pas vrai ? », commenta la dirigeante en tendant la main vers la gauche d'Anne pour recevoir la seringue remplie.

Anne regarda alternativement ses mains menottées qui tremblaient et la petite femme. Ses lèvres bougèrent, mais elle ne prononça aucun mot.

La personne qui tenait initialement la seringue immobilisa son bras, soutenue par la personne de derrière. Anne se mit à se débattre en hurlant.

« S'il vous plaît, ne faites pas ça. Nous pourrons certainement nous entendre sans cela, implora-t-elle.

– Voilà qui semble mieux, répondit la dirigeante en ordonnant à ses sbires de revenir à leur position initiale. L'optimisme est la source de tous les progrès. »

Anne haussa les épaules. Les préjugés précédemment exprimés sur sa personne dominaient encore ses pensées. Ils la conduisirent à sa prochaine question. « Votre mari ajoute des gouttes K.O. à la boisson de votre meilleure amie et couche avec elle. Plus tard, vous découvrez des enregistrements de l'acte sexuel. Pouvez-vous en déduire que votre amie est une mauvaise personne ?

– Une approche philosophique de la vie est certainement enrichissante, mais nous n'avons pas le temps pour l'instant. Êtes-vous partante ?

– Je ne sais même pas précisément de quoi il s'agit.

– Quelqu'un le sait-il ? Les mots jaillirent de la bouche de la dirigeante alors qu'elle regardait les verres remplis.

- Hahaha ! j'ai perdu la faculté de rire.

- Ça veut dire oui ?

- Non, ça veut dire : je préférerais démissionner, déménager et avoir enfin ma tranquillité. »

La dirigeante chuchota quelque chose à l'enfant à côté d'elle. Celui-ci se dirigea vers l'arrière et revint quelque temps plus tard à sa place, accompagné d'une personne plus grande. Elle tenait dans sa main gauche une télécommande de drone et tirait de l'autre un transpalette dont les roues étaient presque aussi grandes que celles d'une brouette. Sur celle-ci se trouvait une cage à chien tout en bois, fermée, avec deux grandes portes sur le côté gauche. Elle resta debout devant Anne. Une fois les deux portes ouvertes, le drone émit une lumière plus vive. Anne reconnut le chien blanc dans un box grillagé avec un espace réduit entre les barreaux. Son visage s'illumina. Elle essaya de se lever pour rejoindre son chien qui aboyait. Malheureusement, ses fesses embrassèrent le sol aussi vite que sa réaction spontanée. La personne de derrière y veilla à nouveau. Le chien aboya contre cette dernière, son poil se hérissant à la base de la queue. Il s'en suivit des larmes, ainsi qu'une Conversation avec le chien qui n'arrêtait pas d'aboyer. D'une voix douce, elle lui promit de tout faire pour le sauver. Ce faisant, elle remarquait aussi que la conductrice du transpalette bougeait les doigts de sa main gauche sur la télécommande jusqu'à ce que le drone dirige la lumière vers ses yeux, la forçant à regarder vers le bas. Elle ne voyait plus grand-chose, mais elle entendait son chien aboyer et quelques autres bruits étranges. *« Qu'est-ce que c'est ? Un aérosol ? Une canette aussi ? De toute façon, ça n'a pas d'importance »*, pensa-t-elle.

La dirigeante contempla le spectacle pendant environ une minute sans faire de commentaire. « Désolée ! Avec l'âge,

**19**

je perds de plus en plus la mémoire. Quelle était votre réponse, déjà ? »

Anne essuya ses larmes. « Vous devriez avoir honte. » Sa colère était perceptible au travers de son ton. « Au début, vous prêchiez la bonne morale, comme si vous étiez différente. Vous êtes sans cœur et utilisez les enfants à des fins égoïstes.

– Hahaha ! j'ai perdu la faculté de pleurer, plaisanta la meneuse sur un ton sérieux. J'ai adoré votre approche philosophique. Un enfant se promène dans la forêt avec sa famille. Son frère est tué par un animal sauvage. La mère le voit et suggère à l'enfant armé dans la voiture d'utiliser son arme pour se défendre et défendre les autres. Il prend alors le fusil et tire sur l'animal avant qu'il n'attaque ses autres frères et sœurs. La mère devrait-elle avoir honte ? Profite-t-elle de l'enfant ? Pourrait-elle être coupable de maltraitance animale ? »
Anne secoua la tête. « Quel est le rapport avec mon propos ? »
La dirigeante se rapprocha des enfants et les embrassa. « Il était clair depuis le début qu'Anne n'était pas familière avec le langage de la gratitude. Explique-lui un peu comment ça marche. » La première réaction vint de son côté gauche. « Tout comme nous avons été sauvés, nous voulons éviter que quelque chose de similaire n'arrive à d'autres. ». De sa droite vint la suite. « Oui, nous le faisons volontiers. C'est notre décision, personne ne nous a contraints à le faire. L'idée nous est venue lors de notre dernière visite sur les tombes des nôtres qui n'ont pas eu la chance de survivre. »

« Ça suffit ! » déclara la dirigeante. Elle félicita les enfants, leur tapota l'épaule et les ramena à leur position initiale.

Lorsque l'hôtesse eut prononcé sa phrase, Anne remarqua qu'elle n'entendait plus son chien. Elle cria plusieurs fois son nom. Il ne se manifesta pas. Prise de panique, elle ignora la vive lumière et leva les yeux. Rapidement, elle dut refermer les yeux sans avoir vu quoi que ce soit. « Qu'avez-vous fait de lui ? » demanda-t-elle. Les mots sortirent rapidement et sur un ton élevé. Au lieu d'une réponse verbale, Anne n'entendit qu'un couinement. Elle avait entendu quelque chose de similaire lorsque la niche du chien avait été ouverte. « Refermez-vous la porte latérale ? », supposa-t-elle. Elle se plongea dans ses pensées : *« Auraient-ils pu l'empoisonner ? Non, sinon je le sentirais profondément. Et puis, ils ont besoin de lui pour exercer leur chantage. Le spray que j'ai entendu tout à l'heure, ça pourrait être un tranquillisant ? Dans la nature, la phéromone n'agirait sans doute pas aussi rapidement. Ressenti, moins de cinq minutes se sont écoulées. Il ne peut pas non plus s'agir d'une injection ou d'un médicament, sinon j'aurais été témoin de sa réaction violente, comme je le vis souvent chez son vétérinaire. Y a-t-il un moyen alternatif qui pourrait calmer un chien aussi rapidement ? »* Elle interrompit ses pensées lorsque la lumière vive sur son visage disparut et qu'une lumière plus faible continua d'éclairer les alentours de la niche. Elle leva les yeux. Malheureusement, elle dut constater que son intuition était correcte. La niche était fermée, tout comme lors de son arrivée. À l'intérieur, elle n'entendait aucun bruit venant de son compagnon à quatre pattes.

Anne répéta sa question : « Qu'avez-vous fait de lui ? » Ce faisant, son regard alla de la conductrice du transpalette à la dirigeante.

Cette dernière usait de son bâton pour dessiner un cercle autour du verre de liquide rouge. « La décision est entre vos mains », rétorqua-t-elle sans lui accorder le moindre regard.

Anne ouvrit la bouche avec hésitation pour répondre. En plus de quelque chose de salé, elle éprouva aussi quelque chose d'étrange sur sa langue. Elle s'essuya la bouche avec son avant-bras. Son maquillage fut délogé par les fluides corporels à différents endroits de son corps, de la tête jusqu'au buste. D'une voix douce, elle poursuivit. « S'il vous plaît, ne faites pas de mal à mes chiens et à ma mère. Vous n'êtes pas aussi horrible que… »

– L'autre groupe ? compléta la dirigeante en se retournant et en recherchant le contact visuel. Bien sûr que non. Mais celui qui veut libérer les habitants de l'enfer devra parfois se faire comprendre dans la langue du diable.

– Croyez-moi, il n'y aura pas de but contre mon camp, insista Anne pour la deuxième fois. J'ai déjà pris des mesures pour cela.

– Voilà la meilleure preuve que l'histoire n'était pas votre matière préférée. »

Anne fronça les sourcils. « C'est-à-dire ?

– Elle nous apprend que les victimes ayant tenté de s'en sortir sans notre aide ont fini dans la tombe, commenta-t-elle d'une voix affirmée. Pourtant, je pourrais vous conduire de manière fiable vers la bonne sortie. Êtes-vous prête à en payer le prix ? »

Bouche bée, Anne fixa la femme jusqu'à ce que des ombres supplémentaires se déplaçant en arrière-plan renforcent son inquiétude et accélèrent sa réaction. « Ai-je les moyens de le faire ? »

En hochant la tête, la dirigeante trempa sa canne dans le liquide rouge.

« Qu...qu'est-ce que vous faites ? » s'enquit-elle presque silencieusement. *« Du sang, maintenant ? De qui et pourquoi ? »* pensa-t-elle les lèvres serrées. La chair de poule se répandit sur son corps.

Cinq des personnes voilées à l'arrière-plan s'avancèrent, se placèrent à peu près au milieu entre les deux enfants et s'agenouillèrent, la bouche ouverte. L'une d'elles souleva un tissu blanc et le maintint en l'air. Elles relevaient légèrement la tête, comme s'ils buvaient. Sans commentaire, la dame vêtue de noir sortit sa canne du liquide rouge et la tendit à Anne. « Ce sont les cinq responsables de l'enlèvement de vos proches. »
Anne serra les poings
« Maintenant, vous avez la possibilité de vous venger. Nous pourrons alors poursuivre la conversation plus tard, à l'endroit de votre choix.
– Je n'ai nullement l'intention de me venger. Mes chéris sont tout ce dont j'ai besoin.
– C'est possible uniquement en double, rétorqua la dame, ajoutant : vous avez trois possibilités.
– Lesquelles ?
– Vous prenez le chiffon et vous essuyez le sang sur ma canne.
– Ou bien ?
– Vous désignez les personnes qui doivent boire le reste du sang empoisonné dans le verre. Vous pouvez choisir une ou plusieurs personnes. Elle montra quelque chose du doigt. Veuillez noter que vous devez répéter le processus tant que le tissu blanc est encore suspendu en l'air. »
*« Le plus simple serait donc de donner la boisson à la personne qui détient le tissu. Ensuite, elle tombe par terre et c'est terminé »*, pensa Anne avant de ressentir un tiraillement au niveau de son estomac. « La troisième ?
– Vous buvez vous-même ! »

– Un choix entre la coopération et l'assassinat ? » s'assura Anne. L'enfant de droite reçut une feuille de notes et la tendit à Anne. « Qu'est-ce que c'est ?

– La réponse à votre question. »

Anne observa le papier pendant un moment. Malgré l'éclairage insuffisant, elle pouvait lire quelque chose. « Est-ce la recette de l'antidote ? »

Le signe de tête fut bref. « Vous l'aurez après. Selon la rapidité avec laquelle vous trouverez les ingrédients et réussirez la recette, la personne pourra être sauvée ou non.

– Si je bois moi-même, qui le fera pour moi ?

– Faites vos soliloques à voix basse, s'il vous plaît, rétorqua la femme sans lui répondre. Votre décision ? Vous avez encore une minute pour y penser. Ensuite, la troisième option s'appliquera automatiquement !

– Par…, Anne se mit à bégayer. Pardon ? » Bien que sa tête semblât immobile, ses yeux très mobiles et sa bonne vue lui firent remarquer que tous les regards étaient tournés vers la zone de la canne recouverte de sang.

« Oui, dit l'enfant tenant la feuille. Le sang de nos frères et sœurs, ainsi que de nos semblables. Des enfants qui sont morts au cours des précédentes semaines MD. »

« *Semaine MD. Qu'est-ce que c'est ?* » Elle se souvint d'avoir lu ce terme pour la première fois dans les documents laissés par Duc plus tôt dans la journée.

La dirigeante reprit la parole. « Le nettoyage de ma canne devrait être considéré comme un signe de collaboration contre les semaines MD qui se déroulent du 2 au 29 mai. Une collaboration contre ces semaines, considérées comme la période la plus lucrative pour de nombreux vendeurs de cercueils dans les USF 38-59. » Elle rapprocha la partie ensanglantée de sa canne vers Anne :

« Encore quinze secondes. » Son ton changea et devint semblable à celui d'un commandant militaire.

Anne jugea son approche similaire à celle de l'autre groupe. *« Si elle a vraiment de bonnes intentions, pourquoi ne pouvait-elle pas m'inviter à un entretien normal en tête-à-tête ? Pourquoi dois-je donner mon accord dans de telles conditions ? »* En regardant à nouveau la niche, qui avait été légèrement éloignée d'Anne pour lui offrir une meilleure visibilité vers le centre en question ; les belles expériences qu'elle avait vécues avec sa mère et ses chiens lui revinrent en mémoire. *« Pourquoi moi ? Pourquoi cela doit-il me tomber dessus ? »* Les larmes coulèrent à nouveau avec plus d'intensité. « *Je comprends maintenant ce que Papa voulait dire à l'époque. Au pays de nulle alternative, les aigles ne volent pas.* » Sans plus attendre, elle prit le tissu blanc et essuya la partie couverte de sang. « Je peux partir maintenant ?

— Tout de suite, dit la femme en lui tendant une bougie allumée.

— Que suis-je censé faire avec ça ?

— Chez nous, la bougie est un symbole d'appartenance, d'espoir et de collaboration réussie pour faire disparaître le côté sombre des semaines MD », expliqua la dirigeante. Après un hochement de tête, un enfant de gauche sortit une clé et un sifflet de la valise et libéra Anne de ses menottes. Puis il déposa les deux objets dans la main libre de la dirigeante.

Anne se leva. « Où puis-je trouver les miens ? » Elle posa la question sans accorder le moindre regard à la dirigeante.

L'hôtesse siffla une fois. Comme sur une simple pression de bouton, tous les yeux se tournèrent vers elle. Le deuxième coup de sifflet fut suivi d'un geste de la main.

Elle désigna de sa canne la femme voilée qui tenait le tissu blanc en hauteur. Un signal semblable à un feu vert. La femme voilée retira son voile.

Les yeux d'Anne s'écarquillèrent. « Maman ? » *« Je savais que c'était un piège. Heureusement que j'ai écouté mon instinct, sinon la culpabilité m'aurait hantée toute ma vie »*, pensa Anne en tombant en larmes dans les bras de sa mère.

« Tenez », entendit Anne quand elle lâcha sa mère. La guide lui tendait une clé USB qu'elle avait également sortie de la valise. « Lisez attentivement les documents que vous y trouverez. Dans le dernier fichier, vous trouverez également des détails sur la marche à suivre. »

Sans prêter attention à une quelconque réaction d'Anne, la dirigeante leva sa canne, frappa trois fois dans ses mains et tout devint plus sombre. Toutes les bougies furent simultanément soufflées et éteintes. Alors qu'Anne observait les ombres se dissiper, un drone éclaira le chemin menant à ses chiens, puis celui du retour.

# CHAPITRE - DEUX

« *Le temps est le seul mouvement continu dont la perception de la vitesse dépend de l'humeur de l'observateur* », pensa Anne en regardant l'horloge accrochée au mur de son salon. Il était trois heures du matin. « *Enfin, j'ai pu convaincre Maman que tout se passerait bien. J'espère qu'à long terme, cet événement n'aura pas de conséquences psychologiques majeures pour elle. Je dois absolument lui trouver un endroit plus sûr, loin d'ici, jusqu'à ce que toute cette affaire soit résolue. Oui, pour elle et pour les chiens.* »

Elle se massa le front. Encore des maux de tête. Il y a à peine une heure, juste après la petite promenade nocturne avec les chiens dans l'air frais, ça allait mieux. « *Mais maintenant, ça revient. Dois-je prendre du paracétamol ? Non, prendre trop de comprimés peut s'avérer dangereux. Serait-ce mieux si je m'allongeais un moment ?* » Son regard ciblait la clé USB que la femme voilée lui avait donnée. Elle prit son ordinateur portable et la clé USB, puis se précipita dans la cuisine. Elle ouvrit une fenêtre, prit quelques glaçons dans le congélateur et se massa la tête avec. Enfin, elle se rassit et alluma son ordinateur.

La main sur la souris, elle essaya de se concentrer malgré ses yeux somnolents. Elle cliqua sur l'icône USB pour accéder aux documents. Elle s'endormit sans même s'en rendre compte. Sept minutes plus tard, la souris tomba par terre et sa main heurta le bord de son siège ; elle se réveilla en sursaut. Elle entendit son téléphone vibrer. À moitié endormie, elle appuya sur l'icône verte au lieu de l'icône rouge, comme elle en avait l'intention. Bien que les haut-parleurs ne fussent pas activés, le faible son de cette voix horrible, qui lui rappelait celle du patron de Duc, mit temporairement fin à sa fatigue.

« La cuisine n'est pas le meilleur endroit pour se reposer. Vous savez que vous aurez besoin d'énergie et de beaucoup de concentration demain en salle d'accouchement », entendit Anne avant que son interlocuteur ne raccroche à nouveau.

Elle se leva précipitamment, ferma la fenêtre et éteignit la lumière dans la cuisine. Craignant que la lumière de son ordinateur portable ne fût visible, elle quitta la cuisine et se rendit sous la table de la salle à manger, où elle se sentit invisible dans un environnement recouvert de rideaux sombres.

Elle ressentait encore une grande fatigue. Néanmoins, elle était animée par le désir de connaître le contenu des documents dans la clé USB. Elle retourna dans la cuisine. L'écran de son téléphone portable lui éclairait le chemin à suivre. Une fois dans la cuisine, elle alluma la lumière du four. Dans cette obscurité adoucie, elle se prépara un smoothie au pamplemousse et au piment. *« La combinaison de poivre aigre et de poivre fort nous rend bien éveillés »*, disait souvent sa mère. Un fruit dans 150 millilitres d'eau et du piment à volonté. *« Une petite poignée, j'espère que ce ne sera pas trop fort pour moi. »*

Lorsqu'elle eut terminé, elle remplit entièrement son verre, ignorant le liquide débordant qui s'écoulait par terre… Alors qu'elle se dirigeait vers son ordinateur, elle prit déjà une bonne gorgée.

Le premier fichier était un dossier appelé « images non mensongères ». Il contenait deux sous-dossiers nommés respectivement « souvenir important » et « œil du détail ». Anne déplaça le curseur de la souris sur le premier sous-dossier et cliqua dessus.

La bouche ouverte, elle regarda les sept premières photos d'elle et de sa mère près de la fameuse tombe *EvFa* d'Eva Fascher. La femme qui avait fait don de son cœur à sa mère. Une histoire particulière dont Anne ne pouvait se souvenir sans larmes. Une femme qui s'était suicidée pour échapper au groupe MD.

Anne examina les sept images à plusieurs reprises et se perdit dans ses pensées.

Tout ce qu'elle voyait sur les images lui était familier. Il s'agissait de photos d'elle, de sa mère et de la tombe d'Eva Fascher. Anne et sa mère portaient un T-shirt jaune avec les initiales EF et un aigle au-dessous. Elles les tenaient d'un mouvement de lutte qu'Eva Fascher avait initié avant sa mort. La couleur jaune représentait l'honneur et la loyauté envers sa propre personne, ses convictions et les membres de son équipe. Elles en avaient beaucoup, qu'elles portaient lors de leurs nombreuses visites à la tombe. Mais seulement deux avec des cœurs supplémentaires en rouge. Grâce aux T-shirts spéciaux qu'elles ne portaient qu'une fois par an pour la visite lors de cette journée dite *OP-BacktoLife*, Anne connaissait même la date exacte de la photo. C'était précisément l'anniversaire du jour où sa mère avait bénéficié d'une opération réussie quelques années plus tôt, grâce à ce don approprié. Il était ainsi devenu une tradition mère-fille de l'honorer en passant beaucoup plus de temps que lors des autres visites annuelles, notamment en allumant des bougies, en déposant des fleurs et en nettoyant la tombe.

Le bruit de pas dans le couloir l'éloigna de ses pensées, de sorte qu'elle se leva. « Qui est-ce ?

– Où es-tu et pourquoi travailles-tu dans le noir ? », rétorqua sa mère. En même temps, elle alluma la lumière. Anne lui chuchota quelque chose, éteignit à nouveau la lumière principale, lui tint la main et la ramena dans sa chambre. « Il est trop tôt, Maman, tu devrais encore dormir.

– Mais toi aussi, répliqua sa mère.

– Tu as besoin de quelque chose ?

– Je n'arrive pas à dormir. Serait-ce nos photos que j'ai vues sur ton ordinateur, sous la table ? »

Anne l'embrassa sur le front. « Tu es encore fatiguée, allonge-toi, s'il te plaît. »

Sa mère insista. « Ne me mens pas ! »

Anne évita son regard. « Ton état de santé m'inquiète, Maman. J'aimerais bien t'en parler, mais... »

Sa mère lui caressa la main. « Tu sais à quel point je déteste ce regard. À chaque fois que tu me caches quelque chose, tu ne peux t'empêcher de le montrer. » Anne retourna son regard vers sa mère alors qu'elle continuait à parler. « Réfléchis-y. Je suis faible. Si tu continues comme ça, le stress va empirer et mon état aussi. C'est vrai que je vais devoir vivre encore quelques années avec ce cœur étranger. » Elle inspira un court instant. « Mais si tu me traites comme un enfant à qui tu dois raconter des histoires pour le protéger, tu pourrais précipiter ma fin.

– D'accord, Maman, ça suffit, dit Anne après avoir longuement soupiré. Tu les as bien reconnues.

– Sa tombe se trouve à *TerraPainit*. Un lieu réservé aux personnes, aux œuvres d'art... qui ont particulièrement marqué l'histoire de l'USF et doivent être protégées du grand public. Je me demande donc... »

Anne l'interrompit : « Comment est-ce qu'une telle chose a pu se produire sans que nous le sachions ? »

Sa mère hocha la tête.

« C'est précisément ce qui me préoccupe depuis un moment, avoua Anne à voix basse. Mais ne t'inquiète pas. Allonge-toi...

– Tu veux te débarrasser de moi pour que je n'aie pas à vivre ta peur ? rétorqua sa mère sans la laisser finir. Tes expressions faciales sont en contradiction avec tes paroles. Est-ce que tu me caches quelque chose d'important ?

– Oh, Maman ! Ne me regarde pas comme ça. Je ne veux pas faire peser sur toi des problèmes que nous n'avons pas causés. » Ses yeux s'humidifièrent. « Le destin joue malheureusement sans règles. »

Le contact visuel qui s'ensuivit fut contagieux. Sa mère marqua une pause. Elle caressa Anne d'une main et prit deux mouchoirs sur la table d'appoint la plus proche. Elle essuya d'abord les larmes de sa fille, puis les siennes. « Qui pourrait se cacher derrière tout ça ? Et pourquoi ? »

Anne haussa les épaules. « Selon la loi de l'USF, il est prévu qu'après un don, nous recevions un numéro et un mot de passe qui nous permettent de contacter anonymement la famille du donneur, si les deux parties souhaitent se rencontrer. Ou, comme dans ce cas de tombe sécurisée, la famille peut transmettre le mot de passe pour accéder à la tombe. Normalement, le mot de passe n'est valable qu'avec un TAN que nous recevons sur la page d'accueil de *TerraPainit*, juste avant la visite de la tombe. Cela reste possible tant que la famille n'a pas changé le mot de passe et qu'elle autorise la visite d'étrangers. Ainsi, la famille ne peut accorder l'accès qu'aussi longtemps, voire aussi souvent, qu'elle le souhaite.

– Penses-tu que la famille soit derrière tout cela ?

– Un membre de la famille pourrait en effet être directement ou indirectement impliqué. »

Sa mère acquiesça, pensive. « Maintenant que tu en parles, je me souviens de quelque chose d'étrange.

– De quoi s'agit-il ?

– Malgré les rendez-vous que nous avons pris avec eux en ligne, aucun d'entre eux ne s'est présenté. Toujours des excuses.

– Malheureusement.

– Le groupe qui m'a enlevé avec les chiens est-il derrière tout ça ?

– Possible, Maman. » Le ton resta doux.

– Tu lui dois quelque chose ? »

*« Combien de fois dois-je te répondre »* pensa Anne. Sans commentaire, elle montra l'horloge sur la table d'appoint à côté de sa mère. « Essaie de dormir, s'il te plaît. J'ai quelques petites choses à faire et je vais me coucher aussi. D'accord ? » Comme la femme de trente-huit ans l'avait pressenti, l'expression de son visage changea brusquement. Mis à part son regard perçant et les coins de sa bouche qui s'affaissaient, elle ne lui accorda pas plus d'attention. Au contraire, elle serra sa mère dans ses bras et mit une musique relaxante aux sons de la pluie – qui incitait souvent sa mère à s'endormir. Elle la couvrit et retourna à son ordinateur. En quelques clics, elle parvint au contenu du deuxième sous-dossier. S'ouvrit alors la photo d'une femme qui ressemblait à celle qui se trouvait sur la tombe de la donneuse de sa mère. Elle tenait deux bébés dans ses bras. Anne se souvint du titre du sous-dossier et examina la photo plus attentivement. Les bébés semblaient avoir le même âge, ils portaient tous deux un bracelet identique avec une croix et les initiales L. et F. Un chapeau identique également, avec le symbole du cœur et les lettres L.F. à l'intérieur. Sous le symbole se trouvait le mot *Forever*. La seule différence était leur

couleur. Bleu à gauche pour le garçon et rose à droite pour la fille.

L'image suivante lui semblait connue. Elle fronça les sourcils. Elle essaya péniblement de mettre de l'ordre dans ses pensées. *« Ah oui, j'ai déjà vu ça dans les documents de Duc »*, se souvint-elle. Puis elle reporta son attention sur l'écran de l'ordinateur. La femme portait une chaîne. Le médaillon ressemblait au bracelet de bébé qu'elle avait vu sur la photo précédente. *« C'est le bébé que j'ai vu tout à l'heure ? L'image de cette femme lorsqu'elle était beaucoup plus jeune ? Avant de parvenir à une conclusion, je devrais peut-être regarder la troisième et dernière photo de ce sous-dossier. »*

Étonnée, Anne secoua la tête. Sur la troisième photo, il n'y avait pas de personne reconnaissable, seulement une ambulance, une fenêtre de voiture baissée et un conducteur voilé. En haut de la voiture se trouvait le bonnet rose, comme celui d'un des deux bébés. À côté, il y avait une bouteille remplie d'un liquide blanc. *« Les énigmes ne sont pas mon fort*, se dit-elle en effectuant de petits massages des deux mains sur sa tête. *Est-ce un biberon rempli de lait ? »*

Sa main tremblait légèrement sur la souris. Épuisée, elle perdit peu de temps après la bataille contre le sommeil.

# CHAPITRE - TROIS

« Ceux qui ont voulu jouer avec notre intelligence l'ont payé de leurs biens les plus précieux. Vous tenez encore à votre sourire ? Alors vous savez ce qu'il faut faire. Si quelque chose tourne mal en salle d'accouchement, que ce soit avant ou après la naissance, c'est à vous de le réparer. Vous avez certainement entendu parler de nos résidences spéciales. C'est au travers de vos actes que nous saurons si vous voulez absolument y emménager. La date du 4 mai sera aussi pour vous... » Cette déclaration de Cul, qui ne revint que partiellement dans son cauchemar, alors qu'il était connecté en ligne au cours de la conversation avec Duc, arracha Anne de son sommeil à six heures du matin. Deux heures seulement après s'être endormie. Elle se frotta les yeux, s'étira et redressa le haut de son corps.

*« Mon Dieu, aide-moi, même si j'ai souvent douté de ton existence »*, pensa-t-elle en portant son regard sur son ordinateur dont la batterie était presque vide. Elle le brancha sur le câble de recharge et reporta son attention sur le dossier de la clé USB qu'elle avait consulté juste avant de s'endormir. Elle souleva l'ordinateur pour le poser sur la table. Avant de s'asseoir, elle se rendit à la cuisine et revint avec une barre de chocolat et une tasse de café noir.

Contrairement à l'autre dossier, celui-ci ne contenait qu'un document PDF et un long tutoriel. La vidéo montrait, entre autres, le lieu de travail du docteur Anne. Le tutoriel était plus compréhensible à certains endroits grâce aux explications données dans le PDF. À peine avait-elle terminé de prendre des notes sur la première moitié de la vidéo que la sonnette de la porte retentit.

Ayant été informée par SMS, Anne savait déjà de qui il s'agissait. Un employé d'un service mobile d'urgence de bonne réputation pour animaux domestiques. Pour des raisons de sécurité, Anne y avait amené ses chiens après les avoir libérés. Elle était ravie de les retrouver. Après les avoir nourris, elle passa toute la matinée à chercher un lieu de refuge pour les siens. Lorsqu'elle entendit sa mère se rendre à la salle de bain, elle prépara de quoi manger.

Ce faisant, elle ne lâcha pas le téléphone jusqu'à ce qu'elle trouve enfin ce qu'elle cherchait. Après le déjeuner en famille, Anne prit le temps d'emballer les affaires nécessaires pour sa mère et les chiens. Elle était heureuse d'avoir trouvé rapidement un logement dans une résidences très célèbre, sûre et privée, pour les plus de 50 ans.

« Tu as dit qu'il y avait des gens là-bas pour s'occuper de moi et des chiens, exact ? s'assura sa mère.

— Oui, ne t'inquiète pas. Même les médicaments, les vaccins nécessaires pour renforcer ton système immunitaire et tout ce qui est lié à ton opération, ils s'en occuperont là-bas. » Anne déposa le dernier bagage, en partie rempli de médicaments, avec les autres. Elle poursuivit la conversation tout en se dirigeant vers l'armoire à DVD. « Même votre voyage sera organisé par l'un de leurs partenaires. Il viendra vous chercher et s'occupera de tout pendant votre périple. »

Sa mère s'installa sans autre commentaire tandis qu'Anne insérait dans le lecteur un DVD qu'elle avait demandé pendant le repas. *Malheur & peur - les cimetières des vivants* était-il écrit sur la couverture du DVD. Environ quatre heures plus tard, vers 18h, une alerte annonçant un message retentit sur le téléphone d'Anne, alors que, les larmes aux yeux, elle tenait fermement ses chiens dans ses bras. Elle le déverrouilla et le lut.

Elle se rapprocha ensuite de sa mère et lui caressa les cheveux. « Le chauffeur est là. » Le son doux résonna à une cadence lente. « Il est temps de partir. »

Sa mère la fixa du regard. D'une voix tremblante, elle demanda avec insistance : « Peux-tu m'assurer que nous nous reverrons ?

– Ne t'inquiète pas », répliqua Anne avec hésitation. Elle serra sa mère dans ses bras, s'essuya les yeux et lui donna un long baiser. « Maintenant, viens, il ne faut pas que le chauffeur attende trop longtemps. » Sa mère resta assise. « Non. Si je ne te revois jamais, quel est l'intérêt de partir ? Si c'est la fin, alors profitons ensemble des derniers moments. »

Anne lui lança un regard éclair. « Arrête, Maman », dit-elle en lui prenant la main pour la soutenir et l'aider à se lever. Puis elle porta les valises jusqu'à la porte. Les chiens la suivirent.

Alors qu'Anne avait rangé les bagages dans la voiture et s'apprêtait à faire ses derniers adieux à ses chéris, elle remarqua un flash lumineux semblable à celui d'un appareil photo. Cette expérience abrégea le temps des adieux, la tendresse se transformant brusquement en agitation. En un éclair, elle précipita ses chéris dans la voiture. Peu après avoir fermé la portière de la voiture, son regard suivit la direction de cette étrange lumière jusqu'à ce qu'elle aperçût quelques mètres plus loin, de l'autre côté de la rue, une voiture qui se mit aussitôt à rouler – laissant derrière elle une fumée noire qui l'empêcha de lire la plaque d'immatriculation.

*« Se pourrait-il que j'aie déjà vu cette voiture quelques fois devant la clinique ?* pensa-t-elle. *Non, j'imagine*

*certainement tout cela. Une conséquence du manque de sommeil ? »*

Tandis qu'elle faisait de petits pas en arrière pour regagner son appartement, son regard attentif continuait d'explorer les environs. Arrivée dans le salon, elle regarda à nouveau l'horloge. *« C'est impressionnant de constater la ponctualité avec laquelle ils tiennent leurs promesses. Enfin, mes chéris sont en sécurité »*, se dit Anne le sourire aux lèvres, un sourire léger et éphémère. Elle se dirigea vers la table et recula sa chaise pour prendre place devant son ordinateur. Son téléphone de travail sonna. *« Duc m'appelle-t-il si tard ? »* se demanda-t-elle, le téléphone à la main. Elle répondit avec un sentiment bizarre au ventre.

« Oui ?

– Rendez-vous immédiatement à la clinique, s'il vous plaît, c'est une urgence. »

Anne déglutit. *« Le plan prévoit que notre établissement soit ouvert à partir de demain, le 4 mai. Il donne l'impression d'avoir oublié comment cette clinique privée choisit ses clients et qu'elle n'est ouverte que certains jours. »*

« Combien de temps vous faut-il pour arriver ? continua Duc.

– Je ne peux pas, dit-elle à voix basse. Il est déjà tard, comme vous le savez, je suis seule pour m'occuper de ma mère.

— Pas de problème. Est-ce que c'est OK si je passe ?

— Plutôt demain », répondit Anne juste avant que l'on sonne à la porte. En même temps, elle entendit le son de la conversation interrompue retentir dans son oreille. Ses pieds se figèrent. Elle essaya de rappeler. Alors que la sonnerie retentissait à nouveau, un message de Duc arriva : « Veuillez récupérer votre paquet. Notez que nos postiers adaptent le mode de livraison en fonction du temps d'attente. Nous discuterons du reste demain, comme vous l'avez souhaité. »

Anne sentit un liquide qu'elle ne pouvait pas retenir s'écouler de son corps. Elle regarda son pantalon. « *Oh, zut, heureusement que j'ai mis une bonne serviette hygiénique.* » À pas de loup, elle s'approcha de la porte d'entrée. « Qui est là ? demanda-t-elle à quelques millimètres de la porte.

— La poste. » La voix avait l'air gentille. Hésitante, elle introduisit la clé pour ouvrir la porte. Perdue dans ses pensées, sa main resta immobile un instant. « *Finalement, ce n'était peut-être pas une illusion, les gens qui m'ont photographiée au moment des adieux à ma mère étaient des collaborateurs de Duc et de son patron. La meilleure solution pour moi serait de commander un taxi en plein milieu de la nuit et de disparaître. Mais que se passerait-il s'ils me surveillaient ? D'un côté, le groupe des voilées et de l'autre, le groupe de Cul. Pourquoi moi ? Pourquoi suis-je devenue la cible ?* »

Avant de tourner la clé pour ouvrir, elle fit un signe de croix en prononçant les mots « Au nom du Père, du Fils et du Saint-Esprit. Amen. »

Quatre hommes entrèrent dans la maison. Parmi eux, un homme d'1 mètre 45 qui tenait dans sa main gauche un cercueil minuscule. Derrière lui se tenaient trois hommes mesurant entre 1 mètre 90 et 2 mètres. L'un avait le crâne rasé et l'autre une longue barbe, ainsi que de longs cheveux noirs. Le dernier tenait un gel à la main. Son crâne était rasé d'un côté et ses cheveux longs de l'autre. Anne ouvrit grandement les yeux. Ce n'était pas seulement l'apparence des hommes qui la dégoûtait. C'était surtout l'odeur désagréable d'un mélange de drogue et d'alcool qui s'intensifiait à mesure qu'ils se rapprochaient. Anne fit quelques pas en arrière. Le géant au gel fut le dernier du groupe à entrer. Il verrouilla la porte comme s'il était chez lui et glissa les clés dans la poche de sa chemise.

« Suis-moi, ordonna le plus petit aux lunettes noires alors qu'il se dirigeait vers le salon.

– Stop ! » râla-t-elle.    Lorsqu'il se retourna et retira ses lunettes, elle baissa le regard. Elle poursuivit sur un ton descendant. « Je veux juste le paquet et me reposer.

– Vous préférez vous amuser en plein air ? », rétorqua le plus petit alors que les trois géants se déshabillaient. Le regard d'Anne sautillait d'un torse à l'autre. Des abdominaux, de grandes cicatrices et quelques tatouages de la marque *QQ See* étaient des points communs qu'elle remarquait sur ces trois torses.

« Je suis désolée, je n'ai pas la tête à ça maintenant », dit Anne à voix basse en détournant le regard des hommes. Elle ne bougea pas, mais sentit le liquide s'écouler de la serviette hygiénique débordante. En particulier lorsque l'homme s'approcha d'elle uniquement en slip, le gel à la main. « Déshabillez-vous immédiatement », ordonna-t-il.

Anne le supplia d'une voix tremblante. « S'il vous plaît, ne me faites pas ça.

— Ne vous inquiétez pas, murmura-t-il en ouvrant le gel. Cela ne fera pas mal si vous coopérez. »

Anne se mit à genoux. « Je ferais tout ce que vous me demandez. Mais pas ça, s'il vous plaît ! »

Un coup de sifflet du plus petit interrompit l'action. « Désolé de gâcher votre plaisir. C'est comme ça quand on veut se la faire en plein air », plaisanta-t-il en s'approchant du couple.
Le géant sourit et tenta en vain d'établir un contact visuel avec Anne. « Chérie, si tu emménages dans notre résidence, ce genre de choses ne se reproduira plus jamais. Là-bas, de tels jeux ont lieu en permanence, mais sans arbitre, sans restriction. Alors, Hotti, tu en rêves déjà ? »
Anne cracha sur le côté sans faire de commentaire.
Arrivé sur place, le plus petit déposa sa boîte en forme de cercueil entre les deux hommes. D'un geste de la main, Anne déplaça le liquide de son nez morveux sur sa joue. « Mon cadeau, est-ce un cercueil ? » Elle suivit attentivement chaque mouvement de ses mains lorsqu'il ouvrit la boîte.
À l'intérieur se trouvaient des bracelets électroniques, ainsi qu'une plaque électronique fixée par collage, sur

laquelle Cul apparut. Celui-ci observa tout en hochant la tête le petit homme qui, suivant ses instructions, passait un bracelet multifonction autour du pied d'Anne.

Cul prit ensuite la parole. Son discours ressemblait à celui d'un journal télévisé, prononcé sans pause mais d'une voix forte : « Ce bracelet n'est pas seulement un appareil de localisation GPS lorsqu'il est activé. Il est également équipé de capteurs qui détectent tout contact ou pression sur lui, s'il n'est pas déverrouillé au préalable par un scanner. Cela le rend dangereux pour la peau. Toute pression sur le bracelet entraîne un échauffement. Plus la pression est importante, plus le bracelet dégage de la chaleur, ce qui peut entraîner de graves brûlures. La batterie peut durer jusqu'à trente    jours si vous ne touchez pas le bracelet. En cas de forte pression, cette durée pourrait être réduite à sept jours. Ce serait pour vous un critère KO. Des fonctions supplémentaires y sont intégrées, mais ne seront pas dévoilées. Après tout, vous ne voulez certainement pas nous berner, n'est-ce pas ? Dès que vous aurez accompli votre mission, vous en serez dispensée. »

Juste après le dernier mot, l'écran s'assombrit. Le nain referma la boîte. « Maintenant que la livraison est terminée, nous allons prendre le chemin du retour. Si quelque chose venait à mal tourner, vous reverrez ces trois hommes dans votre future résidence. »

« Oh oui », dit le géant. Hochant la tête, il regarda tour à tour le gel ouvert et Anne. « J'aimerais bien partager mon petit lit avec toi. » Juste avant de ramasser ses vêtements et de suivre les trois autres vers la sortie, il lui chuchota à l'oreille : « J'espère que ça ne te dérange pas de voir des poils différents sur le lit. »

# CHAPITRE - QUATRE

**D**eux heures plus tard, Anne était assise par terre, à côté d'une petite armoire, dans sa chambre. Des gouttes rouges flottaient à côté d'elle. Sa chemise, son cou et sa bouche étaient teintés de rouge. Dans sa main droite, elle avait une photo de son défunt père et sa main gauche tenait quelque chose sous l'armoire.

« Où es-tu ? Tu es celui qui m'a toujours soutenue depuis mon enfance. Tes conseils ont enrichi ma vie. Mais aujourd'hui, l'un de ces conseils est la cause de mes problèmes. Dors-tu ou t'inquiètes-tu encore pour ta seule fille bien-aimée, comme tu le faisais autrefois ? Vois-tu, j'ai suivi tes conseils. Sans tricher, je me suis engagée corps et âme à être l'une des meilleures dans mon domaine. L'âme pure, j'ai voulu contribuer à ma manière au bien-être de notre société, tout en restant fidèle aux principes que tu m'as enseignés depuis mon enfance. Honneur, respect et mains propres. »

Elle rapprocha l'image de son visage. « Est-ce que tu m'écoutes ? Est-ce que tu le répéterais à nouveau ? Travail assidu, conscience pure, loyauté… pour quoi au juste ? » Elle tressaillit. « Tu as vu ce qui m'arrive ? Crois-tu toujours que nos actes sont aux commandes de notre destin ? Dois-je régler des comptes avec mes ancêtres ? »

Elle caressa le tableau à l'endroit où l'on voyait sa main droite. « Que ferais-tu si les alternatives n'offraient rien de plus qu'un effet placebo ? Même si le suicide est un peu égoïste et lâche à l'égard de ceux qui nous aiment, n'est-il pas parfois la solution la plus raisonnable ? »

Elle releva la tête, comme si elle voulait demander quelque chose au ciel. « J'imagine que tu secoues la tête d'en haut, comme autrefois. Alors, allons-y, analysons-la ensemble. Confier l'enfant de Berta à Cul, est-ce la meilleure solution ? N'est-ce pas plus égoïste de détruire le bonheur des autres à des fins personnelles ? Et puis, le diable n'a pas d'yeux. Comment savoir s'il ne refera pas la même chose et ne finira pas par me tuer ? Autre option : suivre la femme voilée. Pour l'instant, je ne trouve pas sa méthode vraiment meilleure que celle de Cul. »

*« Cette horrible scène de la nuit du lundi 2 mai restera à jamais gravée dans ma mémoire. Cependant, le contenu de la clé USB me laisse au moins penser qu'elle pourrait être honnête. Et même si c'était le cas, pourrait-elle tenir*

*tête à Cul ? Si je suis les étapes qu'elle suggère dans son dernier fichier, ne serait-ce pas une perte de temps si Cul le découvrait et me torturait jusqu'à mon dernier souffle ? »* Alors qu'elle pensait à cela, son regard se posa sur le bracelet de surveillance qu'on lui avait mis. Elle revit un instant ces scènes, en particulier les expressions faciales horribles des personnes impliquées. Les larmes ne coulaient plus de ses yeux rouges et gonflés. *« Une torture que je m'épargnerais si je mettais fin à mes jours tout de suite. »*

Elle déplaça sa main gauche du bas de l'armoire et but une gorgée de la bouteille de vin rouge presque vide qu'elle tenait. *« Sans la mère de Berta, Maman ne serait plus en vie. N'est-ce pas un devoir moral de reconnaissance qui devrait guider mes actions ? »*

Elle libéra ses mains juste avant de tirer sur le bracelet. La chaleur qui en résultait s'intensifiait jusqu'à ce qu'elle le lâche. Alors qu'elle observait la zone rouge sur sa peau à proximité du bracelet, elle prit une résolution. *« À quoi bon planifier si la surprise est omniprésente ? Oui, cela est aussi valable pour demain. Je déciderai spontanément de ce que je ferai. Rien à foutre du reste. »*

# CHAPITRE — CINQ

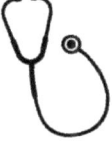

**Q**uand une salle d'accouchement se transforme en entrepôt, alors le cauchemar frappe à la porte.

**4 mai, à la clinique *Happy Baby Born*.**

« Une dernière tentative. Vous y êtes presque », dit Anne, mais pas de sa voix chaleureuse habituelle, alors qu'elle soutenait la tête du bébé. Peu de temps après, elle jeta un coup d'œil à l'horloge. L'accouchement avait duré huit heures.

« *C'est enfin terminé !* », se dit Anne en se lavant les mains. Elle fit laver le bébé et le remit à la mère à moitié endormie, encore sous l'effet de l'anesthésie. Elle jeta à nouveau un coup d'œil à l'horloge, il allait bientôt appeler. Elle s'approcha de la porte, posa la main sur la poignée et leur jeta un dernier regard. Un sourire se dessina sur son visage tandis que des larmes coulaient sur ses joues. Elle quitta ensuite précipitamment la salle d'accouchement en direction de son bureau. À peine y entrait-elle que le téléphone fixe sonna. Elle ressentit le désespoir monter en elle. À petits pas, elle s'approcha du téléphone. Elle posa sa main dessus et hésita. Puis elle prit une profonde inspiration et répondit.

« Oui ?
– Pourquoi votre téléphone est-il éteint ? La voix n'était pas amicale.
– Je viens juste de quitter la salle d'accouchement.
– Tout se passe comme prévu ? »
Silence à l'autre bout du fil.
« Vous m'entendez ? continua-t-il d'une voix énergique.
– Quand voulez-vous passer ? Elle réagit rapidement, dans l'espoir de calmer sa colère.
– Mes hommes sont déjà en route. Ils seront sur place dans une heure environ. Veillez à ce que le transfert se fasse dans les meilleures conditions.
– Aujourd'hui ? Sa voix semblait étouffée. Il se fait déjà très tard !
– L'heure est parfaite ! Il y a moins de monde, aussi bien à la clinique que dans les rues.
– Faut-il absolument que ce soit dans la poussette que vous avez mise à disposition ?
– Ça vous dérange ? hurla-t-il. Respectez l'accord. »
Anne resta silencieuse.

« Au plus tard dans une heure, je dois avoir une

confirmation de mes hommes. Sinon, la mission sera considérée comme non exécutée. Vous en connaissez les conséquences ! » Menaçant, il raccrocha sans attendre sa réponse.

Anne resta immobile un moment avant de remettre son téléphone de bureau sur son socle. Elle s'assit à son bureau, essuya ses paumes de main transpirantes sur son pantalon, prit un stylo en main. Elle s'efforça d'écrire une lettre. La tâche était ardue. Sa main tremblait tellement qu'elle devait recommencer plusieurs fois. Une fois la lettre terminée, elle quitta la pièce en essayant de dissimuler ses tremblements persistants.

Quelques minutes plus tard, elle était de retour dans la salle d'accouchement. Elle glissa l'enveloppe dans la poche de Berta, qui dormait tranquillement. Dans le coin, une sage-femme observait le glissement discret de la lettre. Lorsque Anne aperçut la sage-femme, elle s'approcha d'elle. Elles conversèrent à voix basse.
« As-tu fait tout ce dont nous avons parlé ? »
La sage-femme hocha la tête. « J'ai failli me faire prendre par la nouvelle stagiaire.
– Dieu merci, elle ne t'a pas attrapée. Tu sais, ce n'est pas vraiment une stagiaire.
– Alors pourquoi était-elle autorisée à assister à l'accouchement ?
– C'est une décision de mes supérieurs. Son rôle de stagiaire ne sert que de couverture au cas où les responsables de la sécurité viendraient contrôler le personnel à l'improviste.
– C'est vrai. Cette mesure fut introduite par la politique de l'USF après la disparition mystérieuse du Dr Kelly Carlson, n'est-ce pas ?
– Exactement. En fait, la stagiaire n'est qu'une confidente du commanditaire. »

51

La sage-femme ouvrit de grands yeux. « Que faire de plus ?

– As-tu identifié des caractéristiques chez le bébé pour pouvoir le distinguer clairement des autres ?

– Oui. En particulier… » La sage-femme interrompit sa déclaration après avoir entendu un premier coup à la porte.

Un deuxième coup retentit. Anne et la sage-femme échangèrent un regard en silence.

Puis le médecin alla ouvrir la porte. La stagiaire se tenait en face. On dirait une future médecin, pensa Anne. Excepté les yeux. Ils rayonnaient de malveillance. Dans ses mains, elle tenait un sac transparent. On pouvait y voir des seringues, des mini-ciseaux à cheveux et une petite boîte refermable. Anne fronça les sourcils. « Qu'est-ce que vous faites avec tout ça ?

– Avec quoi ? » s'enquit la stagiaire.

Le médecin pointa ses doigts vers son sac.

« Bientôt, le colis sera récupéré. Avant cela, je dois m'assurer de la qualité et de la conformité avec nos exigences », poursuivit la stagiaire sans lui accorder plus de visibilité. Alors qu'elle s'approchait de Berta, son attention était déjà portée sur le bébé.

« Stop ! ordonna la gynécologue. Selon la loi de l'USF, seul un professionnel diplômé d'État peut faire ce genre de choses.

– Voulons-nous dénoncer le non-respect des lois de l'USF ? » Le contact visuel soudain était grandiloquent. Mais il ne dura que le temps qu'elle aille au bout de sa pensée. « Votre licence de travail en souffrirait. »

Anne fut la première à baisser les yeux. Ce faisant, son regard croisa la main de la stagiaire qui, au même moment, caressait la surface visible du sac. La doctoresse pressa les lèvres un instant. Le silence relatif qui régnait dans la pièce changea les idées d'Anne. Il lui vint à l'esprit qu'une des fonctions non mentionnées du bracelet électronique pourrait être l'enregistrement de la conversation. Elle soupira profondément. Mais son regard restait fixé sur le sac. Elle pensait être la seule à suivre de très près les mouvements de la main de la stagiaire. De l'ouverture du sac au retrait de la seringue. Mais l'action suivante corrigea cette fausse impression.

La sage-femme initia un mouvement précipité vers l'avant, comme si elle voulait arracher de force la seringue à la stagiaire. Anne la stoppa d'un geste de la main. Consciente des conséquences possibles, elle opta pour l'arme verbale. « Attendez un peu. Sa voix faiblit. La patiente se remet d'un accouchement difficile. Vous ne pouvez pas lui faire de prise de sang maintenant. »
Sans commentaire, la stagiaire sortit son téléphone portable de sa poche. Elle saisit le code pour déverrouiller l'écran et fit défiler la liste des contacts.
« Que cherchez-vous ? demanda Anne avec inquiétude.
– La bonne personne à contacter pour votre demande.
– Non, s'il vous plaît, ne faites pas ça ! clama Anne avant de poursuivre plus calmement. Vous aussi, vous avez un cœur.
– Que voulez-vous insinuer ?
– Les personnes qui enfreignent la loi ne sont pas forcément des meurtriers.
– Épargnez-vous la rhétorique. Dans notre monde, les yeux se chargent des tâches dévolues aux oreilles. » Le regard malveillant qu'elle lançait fut soudainement envahi de peur. Une crainte qu'Anne ressentait également. « Il me faut les échantillons de sang. C'est le patron qui l'exige ! Sinon, je perdrai moi aussi ma tête.
– Et si on allait tout simplement chercher le sang au laboratoire ? En fait, j'ai déjà sélectionné les échantillons de sang. »
Souriante, elle adressa un regard acéré au médecin.

« Avez-vous déjà séjourné dans un cercueil ? »

La doctoresse et sa sage-femme frémirent. « Quel est le rapport avec ma proposition ?

– Ce genre de jeu vous garantit le gain d'un tel séjour. »

Le smartphone d'Anne sonna. Elle recula de quelques pas et répondit. « Oui ? »

Une voix masculine et froide retentit, lui donnant un frisson dans le dos. « Mes hommes sont sur place à bord de trois voitures. Le système de surveillance est adapté à mes besoins pour cette courte période. Apportez le paquet à la sortie B. La voiture noire au milieu s'ouvrira automatiquement quand vous serez assez près. Dès que vous aurez terminé, toussez quatre fois et retournez à la clinique. La voiture se fermera automatiquement. Mes hommes s'occuperont du reste. » S'ensuivit le son caractéristique d'une conversation téléphonique interrompue.

Anne se tourna vers la stagiaire. « Nous n'avons malheureusement plus le temps. Ils attendent déjà. Je vous enverrai l'échantillon de sang plus tard.

– Attendez une minute ! » Après des mouvements rapides de la main sur l'écran, la stagiaire porta le téléphone à son oreille. Sa conversation dura moins de trente secondes. Elle remit la seringue dans sa poche et prit en main les mini-ciseaux à cheveux. Avant que la sage-femme n'emporte le bébé conformément aux instructions d'Anne, la stagiaire se procura quelques mèches de cheveux et quitta la pièce la première. Anne supposa qu'elle se rendait dans une autre pièce où se trouvaient des bébés de remplacement. La doctoresse chuchota ensuite à l'oreille de la sage-femme et quitta la pièce en sa compagnie.

# CHAPITRE - SIX

**S**amedi 07 mai en fin d'après-midi.

« Un monde sans lumière ou celui d'un aveugle fascine-t-il votre imaginaire ? » C'est le dernier message qu'Anne reçut ce jour-là à cinq heures du matin. Deux jours seulement après avoir reçu le code de libération de son bracelet traceur. Comme Duc le lui avait expliqué, elle bénéficierait de quatre semaines de congé supplémentaires après la libération de Berta. Néanmoins, elle devait être joignable en cas d'urgence. Elle avait rendez-vous ce jour-là avec la femme qui lui avait apporté son soutien lors de l'accouchement de Berta. La rencontre était supposée apparaître comme une pure coïncidence et ne durer que le temps qu'elle achète quelques sacs de voyage.

À quinze heures, Anne entra dans l'immense centre commercial où l'on vendait, entre autres, des sacs. Comme prévu, son assistante se trouvait déjà dans le rayon Gucci. Anne la rejoignit sans lui adresser un regard. Elle fit semblant de regarder des sacs. « Merci pour ta ponctualité », dit Anne une fois à côté d'elle, en prenant un sac dans ses mains.
« Comme tu me l'avais dit à l'oreille, j'ai pu trouver un autre appartement pour Berta. Elle n'était pas dans l'état décrit sur les papiers officiels de la clinique. Mais je pense qu'elle est en sécurité, commenta l'assistante.
– Sais-tu toujours où se trouve ta récompense ?
– Évidemment.
– Bon, je dois filer. » Elle posa le premier sac qu'elle tenait à la main et plaça une clé USB en dessous. Puis elle dirigea son regard vers l'assistante, qui réagit par un bref signe de tête. La doctoresse prit un autre sac, le sac de voyage *Ophidia GG* et continua sans faire de commentaire vers un autre compartiment à valises contenant des sacs de voyage plus grands.

Ce faisant, elle remarqua qu'une de ses collègues se trouvait également dans le magasin et regardait dans sa direction. Anne se retourna comme si un objet particulier retenait son attention, tout en lui tournant le dos. Elle ne bougea pas et regarda un sac de voyage tout en réfléchissant sur la conduite à adopter. Elle envoya un message texte à son assistante. Conformément à sa demande, celle-ci lui décrivit la position de sa collègue. Elle ne s'était pas déplacée et était tellement concentrée sur Anne et son téléphone portable qu'elle n'avait pas remarqué l'assistante. Telle fut la réponse de l'assistante. La chair de poule se répandit sur le corps d'Anne au fil de ses réflexions. « *Son amitié étroite avec Duc pourrait-elle me nuire ? Il semblerait aussi qu'elle aurait accepté la mission si elle n'avait pas donné naissance à son premier enfant la même semaine. En fait… * » Ses pensées furent interrompues par le son d'un nouveau message. C'était à nouveau son assistante qui jouait au détective depuis l'un des coins extérieurs, au travers des portes vitrées transparentes. « Elle vient d'acheter le sac à main sous lequel tu as caché la clé USB. Aussitôt sortie du magasin, elle tenait son téléphone portable à l'oreille », révélait le message. Anne fronça les sourcils. Elle se hâta de retourner à sa place initiale et constata que le sac avait effectivement été emporté. Son champ de vision s'élargit, de sorte qu'elle put voir l'extérieur au travers des portes vitrées. Sa collègue avait déjà disparu. *« Je pensais déjà qu'une fois le bracelet électronique enlevé, je serais libre. Devrais-je continuer mes gros achats pour le voyage spontané dans d'autres magasins ? Ou plutôt prendre les choses les plus importantes et me sauver ? »*

La sensation de malaise au ventre prolongea brièvement son séjour dans le magasin. *« Suis-je sous haute surveillance ? M'attendent-ils dehors ? »* Les deux questions alimentaient sa peur.

Une heure plus tard, Anne avait enfin acheté l'essentiel. Vingt minutes seulement s'étaient écoulées depuis le dernier message de son assistante, qui surveillait les mouvements de la collègue d'Anne jusqu'à ce qu'elle quittât le centre commercial. Le souvenir que sa collègue fut récupérée dans une Mercedes noire avec un drapeau lui procura des raisons de s'inquiéter. Comme son assistante avait du mal à décrire l'image sur le drapeau, Anne ne savait pas s'il s'agissait du même qu'elle voyait sur les voitures de certains partenaires commerciaux de son patron sur le parking de la clinique. Elle se mordit la lèvre, inspecta précautionneusement son environnement et se précipita vers la sortie principale avec les sacs de courses.

Alors qu'Anne jetait ses affaires dans la voiture et s'apprêtait à ouvrir la porte avant pour monter à bord, elle vit un petit carton jaune comme celui d'un arbitre de football. Pendant un moment, elle paniqua. Au lieu d'entrer, comme elle en avait l'intention au départ, elle regarda autour d'elle dans le parking public. Elle ne remarqua même pas les regards perplexes de quelques passants. Elle se demanda comment ils étaient parvenus à accéder à sa voiture, protégée par une alarme, sans se faire remarquer.

« Peut-être ont-ils placé des pièges dans ma voiture ? », pensa-t-elle. Des systèmes de localisation ou des bombes, plusieurs idées lui traversaient l'esprit.    Elle essaya de joindre son assistante par téléphone. Après plusieurs tentatives, l'appel fut transféré sur le répondeur. Un sentiment étrange l'envahit. Elle trouvait étrange que son assistante ne réponde pas. Surtout à ce moment-là, alors qu'elle avait pris des vacances pour l'aider à surmonter son stress. Anne posa les sacs contenant les achats sur le sol, à quelques mètres de sa voiture, et décida de commander un taxi. Elle prit le numéro de téléphone d'une agence au hasard et l'appela. Ce faisant, elle se souvint de la rumeur selon laquelle le patron de son boss avait les mains partout. Il travaillait avec des gens dans différents secteurs, soit directement avec ses employés, soit indirectement par le biais de la corruption. Entre autres dans le secteur des transports.

Saisie par le doute, elle décida de raccrocher. Un

sentiment de malaise la saisit, si bien qu'elle ne voyait plus qu'une seule issue. Elle devait réessayer de joindre son assistante. Comme un malheur n'arrive jamais seul, après plusieurs tentatives infructueuses, l'appareil se mit à biper en indiquant qu'il fallait relier le téléphone à un câble de recharge. Le désespoir s'intensifiait. Ses réflexions lui volaient le peu d'énergie qu'il lui restait. *« Comment est-ce possible, sachant qu'elle m'avait promis de garder le chargeur de son téléphone portable sur elle pour que je puisse toujours la joindre. Et ce, jusqu'à ce que je quitte la ville demain. Aurait-elle menti, elle aussi ?* Une inquiétude à laquelle Anne répondit par une violente secousse de la tête. *C'est une femme digne de confiance, elle me l'a déjà prouvé à maintes reprises. Le jour de la naissance du bébé de Berta, elle était à l'heure et a tout fait comme prévu. Même après l'accouchement, elle m'a aidée à trouver un foyer pour Berta. Loin de son ancien refuge pour sans-abris, où elle avait été enlevée et où elle devait retourner après la naissance, sous risque de nouveaux dangers. »*

Elle réalisa qu'elle n'avait pas d'autre choix que de remonter dans sa voiture ou de marcher quatre-vingt-dix minutes avec ses sacs chargés à craquer pour rentrer chez elle.

L'adrénaline qui parcourait son corps la stimulait. Mais la peur de remonter dans sa voiture n'avait pas totalement disparu. Elle vérifia entièrement l'extérieur de son véhicule. Elle ne remarqua rien d'étrange. Elle épousseta brièvement la saleté qui s'était déposée sur elle quand elle avait inspecté le dessous du véhicule. Elle répéta l'opération pour les parties intérieures et la termina dans le compartiment moteur. Ensuite, elle leva les yeux vers le ciel pendant un moment : *« Si tel devait être mon destin »*, pensa-t-elle.

Elle jeta les courses sur le siège arrière et démarra à toute vitesse. « *Voilà ce qu'est l'USF1 aujourd'hui. United State of Freedom 1 et pourtant, il n'y a rien de pacifique dans cet État de merde. Cet endroit devrait être appelé United Bullshit (UB) ! Des gens de merde, un quotidien invivable !* »

Lorsqu'elle arriva au carrefour débouchant sur la route principale, un petit embouteillage l'obligea à s'arrêter. Elle en profita pour sortir un comprimé de paracétamol et une petite bouteille d'eau de son sac. À peine l'avait-elle avalée que l'embouteillage se dissipa. Elle jeta la bouteille sur le siège passager et accéléra. Même la forte musique d'une voiture proche ne la distrayait pas. « *Ces gens ne nous retrouveront jamais. Maintenant que ma mère et mes chiens sont en sécurité, je dois me barrer. De préférence tard le soir, quand personne ne s'y attendra.* »

Au feu rouge, ses pensées s'approfondirent. « *Sous la pression, j'ai approuvé une collaboration avec les femmes voilées. Elles ont proposé d'accueillir Berta après l'accouchement. Mais je ne peux pas faire confiance à une secte. Qui me dit qu'elle ne cherche pas seulement à gagner ma confiance avec des images belles et chargées d'émotion pour me manipuler plus facilement ? J'espère que Berta sera en sécurité dans ce petit appartement et qu'elle suivra mes instructions contenues dans la lettre. Je pourrai alors faire en sorte qu'elle déménage dans un autre État. Peut-être à USF2 ou USF3.* »

Ce n'est que quand des coups de klaxon retentirent derrière elle qu'Anne remarqua que le feu était vert. Elle regarda machinalement dans le rétroviseur et son regard tomba sur un véhicule qui éveilla sa curiosité. Les voitures qui circulaient entre elles l'empêchèrent d'examiner la voiture de sport de plus près. Après quelques dépassements, la voiture noire au pare-brise opaque s'approcha. Anne ralentit, tout comme la voiture derrière elle, bien qu'il y eût suffisamment de place pour la doubler. Sur le toit de la voiture flottait un petit drapeau. Anne regarda de plus près dans le rétroviseur. Le dessin sur le drapeau lui rappelait celui que Duc avait présenté comme la marque *QQ See*. *« Devrais-je me rendre à un poste de police ? Non, je pourrais être la première à être enfermée. »* Elle décida spontanément de se rendre dans un restaurant, même si la faim qu'elle ressentait disparaissait peu à peu à la vue ininterrompue de la Porsche noire.

# CHAPITRE - SEPT

**A**près quelques détours, Anne était heureuse de pouvoir enfin se garer chez elle.

Elle resta assise un moment, les mains et le front sur le volant. Soudain, elle se redressa et se mit à parler toute seule. « Qu'est-ce que c'était que ce bruit ? Des bruits de pas ? »

Elle regarda autour d'elle dans sa voiture, qu'elle avait garée dans sa propriété privée, à environ quatorze kilomètres du centre-ville et près d'une rivière. Le parking n'était pas très bien éclairé, alors elle alluma les phares au xénon. Rien ne semblait anormal. *« Ai-je déjà des hallucinations ? »* Elle secoua la tête. L'espoir que son assistante la rappelle le soir même disparut. Voilà qu'elle devait maintenant rassembler ses affaires toute seule. Comment ferait-elle pour gérer les gros bagages lourds ? Où trouverait-elle la force de faire toutes ces choses seule après une si longue journée ? Et même si c'était le cas, pourrait-elle conduire seule dans son état ? Un espoir secret germait en elle : Son assistante lui avait promis de faire les 45 premiers kilomètres jusqu'à son domicile, non loin du trajet d'Anne. Une grande faveur qui lui permettrait de se reposer avant d'aller chercher sa mère avec les chiens pour se rendre à leur nouvelle demeure.

*« Dieu nourrit les oiseaux. Cela ne s'applique pas seulement en termes de nourriture. »* Son instinct lui disait que demain, il serait peut-être trop tard. Elle descendit, prit ses paquets en main et se précipita vers l'entrée.

« Un extincteur offre-t-il plus qu'un effet placebo pendant la phase très active d'un incendie ? » Tel était le message inscrit sur sa porte d'entrée.

Anne fut horrifiée. *« L'extincteur fait-il référence au désir de partir ? Peut-être sont-ils au courant et veulent-ils empêcher ma fuite ? »* Anne entendit à nouveau des bruits. Contrairement à la première fois, cela ne ressemblait pas à des pas humains, mais à ceux d'un drone. Quelques éclairs suivirent, comme si quelqu'un la prenait en photo. En un clin d'œil, elle ouvrit la porte.

Une odeur désagréable envahit ses narines. Un mélange de cannabis et de détergent. Son cœur battait plus vite. *« Je ne fume pas et je n'ai pas de femme de ménage en ce moment »*, se rappela-t-elle. Sans s'en rendre compte, elle laissa tomber les premiers paquets sur le sol. Quelques pas audibles suivirent. *« Était-ce à l'intérieur ou à l'extérieur ?* » se demanda-t-elle, immobile. Elle entendit un autre bruit venant de l'extérieur et ferma brusquement la porte juste après avoir poussé un cri. Sur la face intérieure de la porte était écrit : « Ne jouez pas avec un feu que les pompiers ne peuvent pas éteindre ». La chair de poule se répandit sur son corps. Elle voulut passer un appel, mais se rendit compte que le téléphone était en charge dans la voiture.

Quelqu'un frappa à la porte. *« Oh, mon Dieu, non ! »* pensa Anne, la bouche ouverte et les pieds tremblants. « Ouvrez ! » dit une voix d'un ton autoritaire. Toujours debout dans l'entrée de la maison, Anne surmonta sa peur. Elle fit quelques pas en avant en direction du salon. *« Au moins, j'ai mon téléphone fixe à la maison. »* Son espoir fut brusquement anéanti lorsque la même voix répéta : « Soit vous le faites, soit mes hommes s'en chargent. » Quelques instants plus tard, une lumière s'alluma dans sa chambre, située au bout du couloir, la porte légèrement ouverte. Anne fit un pas en arrière.

Son regard parcourut l'ensemble du couloir. D'un coin à l'autre. Elle remarqua un slip masculin accroché à la poignée de la porte du salon, elle aussi ouverte. Anne fit un pas de plus en arrière. Comme si elle se réveillait d'un cauchemar en plein enfer, elle vit quatre hommes sortir de différentes pièces, les mêmes qui lui avaient rendu visite quelques jours plus tôt. Les trois hommes qui mesuraient plus d'1 mètre 90 étaient torse nu et ne portaient qu'une serviette. Celui qui mesurait 1 mètre 45 tenait dans ses mains une boîte à outils et un couteau un peu plus long que ses jambes.

« Notre chef est-il toujours dehors ? demanda le plus petit en s'approchant à grands pas. Alors vous ne respectez même pas le concierge de votre future résidence ? » Ces figures d'horreur ne faisaient pas partie des derniers chapitres de son livre d'adieu. Ces visages réveillaient en elle des souvenirs indésirables. Elle ne voyait pas d'issue. Elle comprit mieux la question à laquelle elle devait répondre avant d'entrer dans l'appartement. Face à l'absence d'alternative, elle jugea plus judicieux de coopérer. Elle ouvrit la porte sans commentaire. À peine eut-elle perçu le regard intimidant du nouvel arrivant qu'elle reçut de la fumée au visage. Elle se déplaça sur le côté en toussant.

« Cul est satisfait de mon travail, sinon je n'aurais pas reçu le code pour ouvrir le bracelet de suivi, se défendit-elle. Pourquoi me traitez-vous ainsi ? »

Son regard restait majoritairement fixé sur l'entrée.
Après que le médecin lui eut ouvert la porte, l'homme prit son temps avant d'entrer. La première chose qu'Anne vit fut son dos. Il était habillé comme un joueur de football. Le nom de Libresti y était écrit en majuscules sur l'arrière de son maillot, avec au-dessous le numéro un. Il entra à reculons et se retourna. De face, Anne remarqua le logo de la marque *QQ See* en haut à gauche de son maillot jaune. Anne le scruta. Le sifflet et le téléphone dans ses mains ne la marquèrent pas autant que le médaillon de son collier. C'était le même que celui que portait Berta. Elle avait également vu la même chose dans la clé USB de la femme voilée.

La première réponse qu'Anne reçut à sa question fut une photo du téléphone portable de Libresti, qui montrait sa précédente rencontre avec son assistante. La deuxième était la clé USB qu'elle avait donnée à son assistante. La dernière était le brouillon froissé des lettres qu'elle avait écrites à Berta le 4 mai.
Anne déglutit. *« Merde ! »*

Elle tourna son regard vers cet homme qu'elle n'avait jamais vu auparavant.

Le silence régna un instant. Le plus petit homme posa sa caisse à outils devant Anne. Il regarda Libresti. Après un mouvement de tête du nouvel arrivant, le plus petit tendit un sac à Anne. Elle le prit, les mains tremblantes. À la vue de son contenu, elle sursauta et le laissa tomber. Après avoir frotté ses yeux, elle regarda à nouveau dans le sac. Toujours la même image. Un sac en plastique transparent avec deux doigts et du sang.

Libresti se rapprocha. Anne voulut faire un pas de plus en arrière et trébucha sur un couteau. L'atterrissage fut bruyant et douloureux. Il prit la parole. « Votre assistante a eu l'occasion de me connaître avant vous. Une chance que seuls les traîtres ont. » Il marqua une pause.

Sa transpiration s'intensifiait, emportant les produits cosmétiques de son visage vers des endroits indésirables et tachant également sa chemise rose, ainsi que son pantalon blanc. Libresti sortit un paquet de Tempo de son sac et le proposa à Anne.

Anne tourna son regard vers le sac. « Comment pouvez-vous faire une chose pareille ?
– Les médius ? »
Anne serra les poings.
« Ne faites pas cette tête. » Il s'accroupit et essaya d'établir un contact visuel avec elle. « C'est juste une des petites formalités nécessaires avant d'emménager dans nos locaux. Les gestes obscènes ne sont pas autorisés chez nous. »
Le géant au crâne à moitié lisse se mêla à la conversation.
« Votre assistante trouve mon lit confortable et se réjouit à l'idée que nous le partagions bientôt tous les trois, afin

de bénéficier d'un lit plus chaud. Ce sera un moment merveilleux. »

Anne releva la tête sans rien dire. Au même moment, Libresti jeta un bref coup d'œil vers la tête à moitié lisse et dirigea à nouveau son regard vers Anne. Un demi-sourire se dessina sur ses lèvres teintées de tabac. « Avec un peu de chance, vous porterez le bébé à remplacer dès le mois prochain. » Son regard retourna vers la tête à moitié lisse qui lui fit un signe de tête.

« Pardon ? s'exclama Anne.

– Oh oui, priez pour cela, souligna Libresti d'une voix plus sévère. Par vos ruses, vous avez fait en sorte que le bébé livré ne soit finalement pas conforme aux attentes. » Anne baissa la tête. « Vous vous rendez compte des dégâts que vous avez causés ? »

Il se leva, fit des allers-retours. « Personne n'a jamais osé faire ça. Priez pour que la nature vous offre un substitut approprié. Si ce n'est pas le cas, votre vie seule ne suffira pas à régler la facture. Les taux d'intérêt se paieraient par les générations concernées. »

Un appel téléphonique l'interrompit. Tandis que les autres observaient Anne, son désespoir grandissait. Aurait-elle mieux fait de suivre toutes les instructions du groupe de femmes voilées ? Le remords grandissait. Elle se demandait où son assistante avait été piégée. Elle savait qu'il était dangereux de se jouer de Cul. Le regret d'être en partie coupable de la cruauté infligée à une femme innocente l'accablait. Mais, même dans ce destin apparemment obscur, elle trouvait des sources de réconfort. Même si elle devait mourir maintenant, elle serait fière, comme Eva Fascher, d'avoir accompli sa volonté avec honneur. Oui, elle se refusait de figurer dans l'histoire de l'USF comme collaboratrice d'un groupe qui utilise les bébés à des fins égoïstes ou qui répand la dictature comme une religion au sein de l'USF.

Après l'appel, Anne entendit un autre bruit, comme si Libresti avait reçu un nouveau message. Contrairement à ce qu'Anne pensait, il ne reprit pas là où il s'était arrêté. Au lieu de cela, il lui montra une courte vidéo où l'on voyait deux portiers distribuer une feuille de papier à des personnes dans une file d'attente avant qu'elles ne franchissent la porte. À l'intérieur, les individus étaient emmenés quelque part pour une prise de sang. Avant que d'autres images ne suivent, il y était écrit « quelques jours plus tard ». Anne avait l'air plus concentrée. Les personnes dont le sang avait déjà été prélevé se virent remettre des documents dont Anne présumait être les résultats du test. Ils furent ensuite répartis en deux groupes. Des panneaux indiquant « chambre » d'un côté et « cuisine » de l'autre étaient placés à côté. La vidéo se terminait par l'image d'une statue géante de Cul et de nombreuses personnes agenouillées devant lui, les mains jointes en signe de prière et la regardant. Anne observa, bouche bée, Libresti remettre le téléphone portable dans sa poche.

Elle bougea les lèvres comme si elle voulait dire quelque chose. Les mots ne suivirent qu'après la troisième fois. « De quoi s'agit-il ?
— Comme toute résidence, nous avons des critères d'admission, rétorqua Libresti en allumant une cigarette. Rien de compliqué, votre assistante doit par exemple être du groupe sanguin AB et exploitable. »
Anne fronça les sourcils. « Sinon ?
— Demandez plutôt à nos photographes abattoirs. » Avant de tirer une profonde bouffée de sa cigarette, il ajouta en souriant : « J'espère que vous n'êtes pas végétalienne ! »
Anne tressaillit. *« Des personnes inadaptées sont donc utilisées comme viande dans la cuisine ? Certaines rumeurs semblent en effet être vraies. »* Des postillons s'échappèrent de sa bouche et tombèrent en partie sur la

chaussure gauche de Libresti. Elle s'excusa plusieurs fois. Il tira une nouvelle bouffée de sa cigarette, les yeux rivés sur elle. Il laissa un peu de fumée s'échapper de sa bouche, puis lui ordonna de nettoyer. Anne tendit la main pour prendre le paquet de tempo qu'il voulait lui donner et qu'il avait déposé sur le sol après qu'elle l'eut ignoré. Peu après qu'Anne le saisit, il posa son pied droit dessus. Le choc de la pointe de la chaussure avec ses doigts fut douloureux. Libresti leva son pied gauche dans sa direction et lui ordonna de nettoyer avec sa langue. Lorsqu'elle voulut ouvrir la bouche pour parler, d'autres postillons en jaillirent. Malgré ses efforts pour les retenir des deux mains.

La deuxième fois, il sourit. D'un geste de la main, il indiqua au plus petit de nettoyer ses chaussures. Anne regarda les hommes à tour de rôle. Ses larmes et mains tremblantes ne semblaient susciter l'empathie de personne. Anne comprit pourquoi Cul avait tant de surnoms. Elle n'eut pas le temps de réfléchir à ce qu'ils allaient lui faire par la suite qu'elle sentit une odeur de vomi sous son nez. Elle s'essuya les yeux. La visibilité accrue lui permit de voir que le nain lui tendait le mouchoir sale qu'il avait utilisé pour nettoyer les chaussures de son patron.

La parole demeura pour Libresti. « Vous aurez besoin de votre langue plus tard pour d'autres activités. » Il expira profondément et pointa le chiffon tenu par le petit homme devant elle. « Utilisez-le pour améliorer votre maquillage. Un dîner en amoureux, ce n'est pas Halloween.
— Oh oui », souligna le type au crâne à moitié lisse. Elle ne nota pas l'insulte visant son maquillage dégoulinant.

Elle scruta à nouveau Libresti. *« La ressemblance avec la photo que j'ai vue sur la clé USB est frappante. Serait-ce son enfant ? Lui a-t-il offert un médaillon similaire en signe d'appartenance ? Espérons que le mal ne soit pas héréditaire. »*

Il tourna la tête. Son regard suivit celui d'Anne jusqu'à la boîte ouverte. Le plus petit des hommes était en train de sortir de sa boîte des menottes, une paire de ciseaux et une bouteille contenant un liquide. Une odeur d'alcool désinfectant s'en dégageait. *« Ils veulent aussi me couper les doigts ? »* craignit Anne en cachant prudemment sa main sous ses jambes. Des autres objets contenus, Anne ne reconnut que des armes. *« Si j'arrivais à mettre la main sur l'une de ces armes à feu, je tuerais tous ceux que je pourrais dans ce groupe et au final, je me tuerais également. »*

« Patron, nous n'attendons que votre coup de sifflet pour faire briller la lampe jaune. Elle fera briller son cerveau, dit le géant au crâne à moitié rasé en prenant le long couteau que le plus petit tenait auparavant.
– Ah oui ! » ajouta son voisin, les bras croisés, tandis que quelque chose ressemblant à un avant-bras se dessinait sous sa serviette. Anne ferma les yeux. *« Les cauchemars sont pires les yeux ouverts »*, pensa-t-elle.
Le troisième membre du trio torse nu s'approcha. « Mec, j'adore ce genre de trampoline. L'action va être géniale. »
Anne lui lança un regard furieux. Puis elle baissa rapidement les yeux, pensant qu'il s'agissait peut-être d'une grave erreur. Sa surprise fut d'autant plus grande, face à la réaction de cet homme qui sentait la drogue. « Wow, ce regard dans vos yeux me rend fou. L'effet est presque meilleur que celui de la cocaïne. » Les yeux fixés sur ses jambes, il continua à parler. « Sa tenue rose tachetée, son odeur issue d'un mélange de parfum et de

sueur. J'en suis fou. Avec elle, pas besoin de gel. Elle est déjà mouillée. »

Anne releva brusquement la tête. « *Pardon ?* » cria-t-elle intérieurement. Tous les regards étaient tournés vers elle, comme s'ils avaient entendu quelque chose. « *Ces hommes sont-ils venus au monde par les fesses de leur mère ? Quel genre de personnes sont-elles ? Je jure que si vous me faites ça… »*

Après que la sonnerie de son téléphone retentit, ses hommes sourirent à Anne. Libresti adressa un long discours à Anne, avec des mots qui sortaient rapidement. Contrairement à l'expression de son visage, son ton n'était pas désagréable. « Nous avons dû constater que les enfants éduqués par Mère Démocratie étaient de plus en plus irrespectueux. Nous avons donc pris une série de mesures pour nous assurer qu'une telle situation ne se produise pas chez nous. Je n'ai pas besoin de vous rappeler que mes propos ne se réfèrent pas à un groupe d'âge particulier. Par ailleurs, je vous ferais remarquer que des mesures éducatives de différentes natures font partie de la phase d'adaptation à votre future résidence partagée. » Il grinça des dents sans détourner son regard d'elle. « Pour cela, nous prenons également en compte les antécédents. » Son discours se termina par le sifflement attendu. En l'espace de quelques secondes, Anne sentit la forte pression de mains qui d'une part lui liaient les mains et d'autre part lui écartaient les pieds. Elle cria : « S'il vous plaît, pas ça ! Pardon…

– Plus le bruit sera fort, plus vous souffrirez ! » rappela-t-il à Anne.

Incapable de se taire, elle continua à se défendre. Le troisième géant du trio murmura quelque chose à l'oreille de son chef. Libresti acquiesça. Agacé par les cris répétés d'Anne, il prit du ruban adhésif dans sa caisse à outils et le tendit au mec au crâne à moitié rasé.

En plus du ruban adhésif, le géant prit également en main le sac contenant les doigts et le sang. À grands pas, il se dirigea vers Anne et lui lança le paquet dans la bouche. « Le sachet est peu épais. Sous l'effet de la chaleur et de la salive, il se perce plus rapidement », expliqua-t-il à Anne en lui entourant les lèvres de ruban adhésif.

*« Horrible ! Tuez-moi donc !* hurla-t-elle intérieurement, sans bouger la bouche. *Calme-toi Anne, tu ne veux pas devenir comme ces individus sans âme et boire le sang de ton assistante. Tu y arriveras. Dieu, s'il te plaît, si tu existes, montre ton visage. Même si tu ne veux pas m'aider dans la vie quotidienne. Cela vaut-il aussi face à la mort ? Épargne-moi ces tortures. Prends-moi cette vie de merde. Pourquoi dois-je être traitée de la sorte ? Je n'ai pourtant rien fait d'autre que    protéger un enfant des abus. Si, dans la vie quotidienne, le bien est toujours récompensé par le mal, pourquoi prier ? Comment peut-on croire au paradis si l'on prend soudain conscience que le monde est gouverné par un diable ? Dieu, réponds-moi ! Tu ne veux pas ou tu ne peux tout simplement pas ? Le diable est-il un actionnaire si puissant dans ce monde que les tiens doivent eux aussi danser au son de sa musique ? Est-il normal que tu n'aides ton peuple que lorsque cela t'arrange ? Un père n'est-il pas un bon père lorsqu'il entend l'appel à l'aide de son enfant et lui tend la main ? Cela ne devrait pas durer plus longtemps ! Ne fais pas de mon anniversaire un jour de cauchemar. Au lieu d'un gâteau d'anniversaire, il y aura plutôt des bougies et des larmes.* »

Libresti reçut un SMS de deux autres hommes. « L'assistante a révélé la véritable adresse de Berta. Nous y sommes allés en nous faisant passer pour des postiers. Comme prévu, nous avons livré un colis portant le nom du docteur Anne comme expéditeur. Berta ne l'a pas ouvert devant nous. Mais elle semblait heureuse. La prochaine étape pourrait être couronnée de succès dès demain », y était écrit. Libresti étira légèrement ses lèvres en un sourire à peine perceptible. Il posa la main sur la poignée de la porte et observa un instant le plus petit homme qui découpait les vêtements d'Anne avec des ciseaux. Libresti jeta un dernier coup d'œil en direction de ses autres hommes. Le crâne à moitié rasé aiguisait à nouveau son couteau, tandis que l'homme barbu tenait son majeur dans une main et un énorme sécateur dans l'autre. Libresti leva le pouce et disparut.